UN PUENTE SOBRE ELOHIM

(Una historia de hombres y mujeres con la enfermedad del alcohol)

Ángel Francisco Sánchez Escobar

Edita: Grupo de Investigación de "Lengua Española Aplicada a la Enseñanza". Facultad de Ciencias de la Educación. Universidad de Sevilla, 2008.

Segunda impresión 2012
Tercera impresión 2022

A mis padres, Manuel y Francisca.

Aunque basadas en la realidad de la vida en un centro de rehabilitación, las relaciones entre los distintos personajes, sus historias personales y personalidades no son un reflejo exacto de esta realidad; se han dramatizado para darle peso y conflicto a la trama.

Meditación

Tengo que conservarme sereno ante las vicisitudes de la vida. Tengo que volver al silencio de mi comunión con el Poder Superior para recuperar la serenidad cuando se haya perdido, aunque sea por un momento. Por todos los medios, me mantendré sereno. Nada puedo resolver cuando estoy agitado. Debo apartarme de aquello que me perturbe. Debo caminar por terreno firme, y no verme agitado por trastornos emocionales. Debo buscar las cosas que sean tranquilas y buenas, y apegarme a ellas.

("Veinticuatro horas al Día")

ÍNDICE

PRÓLOGO

Una novela solidaria

Ángel Francisco Sánchez Escobar es un hombre profundamente espiritual, cariñoso y entrañable y ello se manifiesta en su obra creativa. Es amante del mar y la naturaleza y autor de varios poemarios que lo atestiguan, como *La gaviota fosfórica* y, *Tiempo circular,* que se unieron a *El último cielo de otoño* y *Triste figura andante* en el volumen de su obra poética completa *Sin lunas ni mares de cartón.*

A la enseñanza de la lengua y la literatura inglesa orienta buena parte de su tarea investigadora en numerosas publicaciones. Es igualmente autor de *Vida y obra de Eduardo Asquerino.* Y también ha ejercido como traductor.

En esta ocasión, Ángel vuelve a abordar el género novelesco —tras una primera incursión con *El don de la serenidad de un alcohólico anónimo*—, para continuar en la que puede considerarse una segunda parte de esa novela, que es esta que el lector tiene entre sus manos, *Un puente sobre Elohim.* Ambas obras están inspiradas en sus solidarias visitas a un centro de rehabilitación de enfermos alcohólicos en el que siempre es muy bien recibido y muy querido.

El puente que da título a la novela es el símbolo de la esperanza y del cruce entre dos caminos: el del enfermo de alcoholismo y el ser rehabilitado. Por Elohim, el centro de rehabilitación, transitan una serie de personajes sencillos: Pedro, su director del que se rumorea que mantiene una relación con otra de las internas, Luisa, Vicenta, Consuelo, Ángeles la enfermera, Manolito, aficionado al toreo y enfermo de esquizofrenia, Tomás que organiza la biblioteca del centro, Petra la monja enfermera, la bailarina, que acrecienta su afición a la bebida tras su divorcio, el periodista, el escultor, don Fernando y tantos otros. Todos son seres llamados a compartir el espíritu de la Navidad, con sus problemas y con sus miserias pero con el firme propósito de encauzar sus vidas y alcanzar la luz.

El mensaje del escritor es claro: la solidaridad alimenta el alma humana y hermana los corazones. Estamos ante una novela coral en la que los personajes entran y salen del relato con naturalidad. La salvación del cuerpo reside en el cultivo del espíritu, parece indicar el autor. Por eso Luisa, cuando asiste a las reuniones de Alcohólicos Anónimos nota *"una espiritualidad que le sobrecogía".* El lenguaje de *Un puente sobre Elohim* es claro, diáfano, porque su autor pretende con su palabra hacer vibrar muchos corazones.

Ojalá que la estilizada vibración de *Un puente sobre Elohim* ayude a muchos a retomar la senda de una vida plena y saludable, donde el espíritu y la generosidad brillen en todo su esplendor. (Ana Recio Mir, Dra. en Filología Hispánica)

A propósito del libro "Un puente sobre Elohim" de Ángel Francisco Sánchez Escobar

Ángel, escritor sevillano, es catedrático de Didáctica del Inglés de Escuela Universitaria y triple Doctor. Como poeta, ha publicado tres libros. Calificativos para esta obra lírica: cándida, tersa, límpida, cuidada y equilibrada, elegante. *Tiempo circular* es una verdadera "didáctica del espíritu", como dice Ana Recio en el prólogo, ejemplar y aún más madura continuación —por su lenguaje e imágenes— del libro anterior, *La gaviota fosfórica,* buen ensayo de esta plenitud. Su tercer libro de poemas es *El último cielo de otoño* (Semíramis, Sevilla, 2004), con ilustraciones de Hernanz Catalina, un libro lleno de concentración expresiva y serenidad. En el año 2005 publicó un recopilatorio, *Sin lunas ni mares de cartón,* en la que incluyó un poemario suyo escrito en 1975, *Triste figura andante.*

Sencillez y autenticidad resumirían tanto su técnica y expresión como su contenido e intención.

Publica su primer libro en 1991, reeditado posteriormente en 2003. Una obra en prosa, *El don de la serenidad de un alcohólico anónimo*, confesiones noveladas, basadas en hechos reales, fruto de la entrega del autor a los marginados y desesperados. Es una obra narrativa que, sin temor a exagerar, seguramente ha salvado alguna vida del pozo y la impotencia de la bebida y de la droga. Con esta literatura salvadora Ángel hacía honor a su nombre. Es una obra de lectura accesible, de un ritmo que no desmaya, elaborada con un acertado lenguaje coloquial y construida con las penalidades de unos personajes vivísimos.

Aunque escrita en 1992, Ángel nos ofrece ahora una especie de segunda parte o continuación de esta obra, *Un puente sobre Elohim*, subtitulada "Una historia de hombres y mujeres con la enfermedad del alcohol". Si en *El don de la serenidad* el punto de vista era el de la primera persona, una historia contada por Miguel, un alcohólico luchador, ahora, en tercera persona, se relata lo que acontece en un centro de rehabilitación: terapias, mundo interior, relaciones entre los encargados y los mismos enfermos, recaídas e incluso la fatalidad de la muerte. Son vivencias muy directas del autor, que ha entregado buena parte de su tiempo a ayudar en un centro de este tipo como profesor y colaborador.

Por esto, en estas páginas se respira la verdad de los personajes, los diálogos son verosímiles y muy adaptados al carácter y actitud de cada hombre o mujer y, en definitiva, nos hallamos de nuevo con una literatura, una narrativa en este caso, que cumple una función social, de alivio, de ayuda práctica, de consuelo y guía espiritual para muchas personas que intentar salir del pozo del alcoholismo que destroza por completo sus vidas. Uno de los personajes, Tomás, dice que tenía la idea de que la palabra tenía el poder de curar. Era la base del programa de Alcohólicos Anónimos. Compartir para empezar a recuperarse. Y concluye el narrador: "El profesor creía que teniendo un dominio de la palabra, el alcohólico podía reorganizar mejor su vida, aunque a veces tenía miedo de estar equivocado". No lo ha hecho el autor con esta sencilla y profunda novela sobre un mundo de desesperación, con un tono absolutamente cordial y una poética narrativa que mezcla con acierto descripción, diálogos, creación de tipos diversos, etc. Literatura terapéutica, para todos. (José Cenizo, Profesor de le Universidad de Sevilla)

CAPÍTULO I

Elohim se convierte en un centro mixto

El centro de rehabilitación de alcohólicos Elohim siempre había sido masculino hasta que Pedro, el director, recibió una angustiosa llamada pidiendo ayuda para una mujer que se encontraba borracha en un derribo. El director objetó diciendo que no se admitían mujeres, pero la voz insistió tanto que, al final, accedió. Había planes de abrir un centro femenino y podría ingresar allí después. De momento, y como no podían ponerla en el mismo sitio de los hombres, la alojaron en la casita anexa al centro, que don Fernando, presidente de la Asociación, había mandado construir para que la mujer de Pedro se viniera a vivir a Elohim. Don Fernando era listo y había querido evitar males mayores.

El "piso", como lo llamaban todos los internos, tenía tres dormitorios amplios, cocina y cuarto de baño. El director ocupaba la habitación central, y la mujer se quedaría en una de las otras, aunque, por desgracia, no lo hizo durante mucho tiempo. El alcohol ya había ocasionado un daño irreparable en sus entrañas y no resistió la quinta noche. La mujer murió envuelta en temblores, pero con la satisfacción de haber vencido al alcohol, al menos mentalmente. Pedro estuvo junto a ella hasta el último momento dándole ánimo cuando pedía a gritos una copa para aliviar el dolor de su vientre. Él mismo había estado al borde de la muerte por un intento de suicidio y el *delírium tremens* que le siguió, y comprendía muy bien el sufrimiento de aquella mujer.

Pedro tenía una gran sensibilidad, a pesar de lo que las apariencias indicaban, y estaba necesitado del afecto femenino, y no hizo mucho por evitar que acudieran al centro otras mujeres, de cierta edad al principio y mucho más jóvenes después. El alcohol no miraba edades ni condiciones sociales, sino que atacaba y se ensañaba con cualquier persona. Vicenta iba a ser un caso especial a causa de su ceguera y la fuerza de su carácter. No representaba más de treinta años. Era robusta, potente, de rasgos claramente geométricos, de lengua fácil y voz agresiva. Sus ojos, eternamente cerrados en una línea, le daban la falsa impresión de estar ausente del mundo. Desde pequeña había sido ultrajada, tratada como un animal, sin embargo, se sentía orgullosa de haber salido de la basura y de la idiotez.

Vicenta estuvo en el piso primero con Consuelo, a la que tomó mucho cariño y, luego, cuando esta se fue recuperada, a solas con el director hasta que llegó Luisa. Pero su instinto de proteger lo que había empezado a considerar como suyo, la había puesto en guardia, y no vio en esta nueva interna a una posible amiga, sino a una rival. Desde primera hora, su voz le pareció que tenía un toque de astucia solapada, sentimiento que se acentuó al oír entre los enfermos la alusión a sus ojos gatunos por su color verde claro. Ella no sabía de colores ni comprendía la atracción de uno sobre otro, aunque aquello le creaba cierto desasosiego.

En un principio, durmieron en cuartos diferentes hasta que llegó Ángeles, una enfermera que había dejado su profesión por la danza. Después, tuvo que compartir la habitación con Luisa, porque Ángeles, a la que, enseguida, apodaron "la bailarina", prefería dormir sola. A Vicenta no le había gustado aquello. Le endiablaba sentirse observada en sus momentos más íntimos, pero el director lo había decidido así, y no tuvo más remedio que aceptarlo. Vicenta había creído notar cierto alejamiento de Pedro e intuía lo peor.

Después de ocho meses en sobriedad, Vicenta había vuelto a su kiosco de cupones y, pese a que seguía en Elohim, no asistía a las terapias ni tenía ninguna ocupación especial; Luisa, por el contrario, se encargaba de lavar y coser la ropa de los otros enfermos, tarea a la que se incorporó "la bailarina" en cuanto pasó el síndrome de abstinencia. A raíz de esto, Vicenta había tenido el primer roce con Luisa, que le había dicho que no dejara la ropa por el suelo, sino que la llevara, como los demás, a la lavandería. Le mencionó que ya Pedro le había reñido más de una vez por dejar las bragas en el cuarto de baño. Vicenta le había respondido mal. Era su forma de ser.

Vicenta, más que nunca, echaba de menos a Consuelo, para ella la única persona que había sabido comprenderla. Recordaba a menudo sus mimos y cómo estos, en repetidas ocasiones, habían provocado el enfado del director:

—Consuelo, no le des tantos caprichos a Vicenta. La asistenta social me ha dicho que se le tiene que tratar como a una persona cualquiera. Tiene que comer lo que haya y ayudar en la cocina y en la lavandería.

—Yo no le caigo a usted bien, don Pedro —le había dicho ella.

—Yo no la tengo tomada con nadie —le había contestado él—. Y no me hables de usted. Yo soy tan alcohólico como tú.

A pesar de todo, Consuelo la había seguido mimando a escondidas del director. No la dejaba fregar, ni pelar patatas. Solo, cuando se quejaba de estar aburrida, Consuelo le decía:

—Está bien, Vicenta, siéntate y pela algunas patatas.

No obstante, gracias a esta compañera, había logrado, poco a poco, acostumbrarse a vivir con los videntes. El día de su llegada se había agarrado a la asistenta social como una niña desvalida para que no la dejara allí. Luego, en el comedor, había sentido mucha vergüenza porque creía que se estaba manchando y nadie le decía nada. Vicenta se arrepintió muchas veces de haber puesto un pie en Elohim, pero se daba cuenta de que no le quedaba otra alternativa. La ONCE no le hubiera permitido nunca seguir trabajando de no ser así.

Antes de aparecer Luisa, Vicenta había disfrutado de veladas enteras charlando con Pedro en su cuarto, sin ningún testigo. Le encantaba dejarle hablar de su vida, de sus proyectos. Sabía que su mujer no lo comprendía y que no lo quería lo suficiente como para haberse ido a vivir con él a Elohim. Además, había notado que era un hombre práctico, agudo y vivaz en los asuntos económicos. Y reconocía que estaba consiguiendo levantar el centro y transformar aquellas naves, refugio de bebedores, en un pequeño hotelito salvador.

Se sabía su vida de memoria. Pero, ahora, Luisa estaba allí, y se habían producido cambios. Ya no se habían reunido más por las noches a charlar, y su tono de voz era distinto.

Vicenta, por su carácter, era tremendamente desconfiada y estaba segura de que algo pasaba. La idea había entrado en su cerebro y no era capaz de desterrarla. Empezó a sentirse celosa. Había sentido muchas veces rencor, odio, pero nunca celos. Su mundo interno comenzaba a convertirse en un alud gigantesco. Para una alcohólica, este sentimiento de indefensión podría acabar en una recaída y, mucho más, cuando el espíritu de la Navidad empezaba a abatirse como una gigantesca nube de soledad sobre Elohim.

Como todos los internos, Vicenta se levantaba a las ocho, no obstante, no desayunaba allí. Un taxi venía a recogerla a las nueve menos cuarto de la mañana para llevarla a su puesto de cupones y no regresaba hasta la hora del almuerzo, casi siempre con todos los cupones vendidos. Vicenta podía quedarse a desayunar, aunque prefería hacerlo en la calle y tomar café "en lugar de malta", como ella decía.

Todas las mañanas, antes de montarse en el taxi, oía a Manolito, que le daba los buenos días con su voz gangosa. Ella solía contestarle con un "¡Hasta luego, Manolito! ¡Pórtate bien!". Le daba cierta conformidad saludarlo cada día, porque, a su manera, estaba tan solo como ella.

CAPÍTULO 2

Las salidas en Navidad

Manolito había llegado a Elohim después de Vicenta y, al igual que ella, nunca había llegado a integrarse en el centro. Era madrugador como el gallo más avispado. A las primeras luces del alba, se espurreaba los ojos con agua de la pileta del patio, se encasquetaba el batín, regalo de su hermana, y se encaminaba, amanecer a cuestas, con sus gruesos brazos abiertos y pasos cada vez más inseguros, hacia una pequeña explanada al borde de la carretera. Le gustaba torear, y allí daba sus mejores pases, sus más perfectos contoneos. Los camioneros le mandaban un pitido ronco, potente, entre saludo y burla. A él le enorgullecían estos aplausos a distancia, aunque seguía, impasible, enarbolando una inexistente capa roja, saltando, banderillas en mano, al potente paso de la sombra de afiladas astas. Y continuaba con la faena, impertérrito también a los autobuses escolares de los que salían, como el vapor de una olla a presión, un "ole" ruidoso.

Aquel día no tenía Manolito mucha concentración para hacer su faena. Se encontraba entre agitado y feliz porque había creído captar en el director cierta disponibilidad para dejarlo salir a su pueblo. Ya llevaba seis meses en Elohim, y soñaba con llegarse a la vieja taberna de siempre a echar una partida de dominó con sus amigos. Allí se encontraba como pez en el agua, rodeado de viejas fotos de matadores. En aquel lugar, más de una vez, se le había escapado algún lance entre los mostradores y había compuesto sus mejores trovas en honor de afamadas folclóricas. Manolito podía, sobre la marcha, componer rimas que, aunque de poca musicalidad, recitaba con mucha gracia.

Durante el desayuno, no habló con nadie; después, cuando los demás enfermos se incorporaban a su tarea de limpieza antes de asistir a las distintas terapias, se dirigió al despacho de Pedro. En el camino, se encontró con Tomás, el profesor de lengua, que había venido un poco antes para organizar la pequeña biblioteca del centro.

— ¿Cuándo vas a venir a las clases? —le preguntó con una sonrisa, adivinando lo que le iba a contestar.

—A mí no me hace falta —le respondió con desparpajo—. Yo ya sé leer y escribir.

Manolito no participaba en ninguna de las actividades del centro debido a su esquizofrenia y a otros problemas de salud. Con la paga de invalidez que le había quedado, se costeaba sus gastos. Él había sido, durante mucho tiempo, jardinero en un cortijo no muy lejos de Elohim y no era menos cierto que había toreado alguna novillada en pequeñas plazas.

Manolito abrió con decisión la puerta del despacho. El director ya estaba allí, con un vaso de café solo sobre la mesa de cocina de formica, que le servía de escritorio, y un cigarrillo encendido que parecía la chimenea de una fábrica de celulosa.

—Entra—le dijo—, siéntate.

Pedro tenía cincuenta años. Era de mediana estatura, de facciones rectas, ojos pequeños, algo hundidos, y nariz afilada sin llegar a ser aguileña.

Manolito se sentó sin desabrocharse el batín. Su abultado vientre destacaba por encima de la mesa. Tenía la cara redonda y roja. Sus ojos brillaban con gran intensidad, pendientes de un gesto de asentimiento del director. Una sonrisa de niño travieso le consumía la boca.

—Mira, Pedro, ya sabes a lo que vengo. Me dijiste que me podría ir a mi pueblo para la Navidad—dijo Manolito, acordándose de la taberna.

El director le respondió con una mirada larga, pudiendo, realmente, leer sus pensamientos como los de cualquier alcohólico que se pusiera en su presencia.

—Sabes lo peligroso que es salir en estas fiestas…

—Lo sé, lo sé—no lo dejó terminar—, pero no va a pasar nada. Llevo más de seis meses sin beber y no lo voy a hacer otra vez. Después de las fiestas volveré y, además, tengo muchas ganas de ver a mis sobrinos.

—Tú sabes que tu hermana no te quiere en su casa.

Pedro sabía que era un caso perdido, y lo había dejado entrar por lástima. Manolito iba a cumplir setenta años y no tenía dónde ir.

—Está bien, puedes irte unos días, pero ten cuidado con lo que haces.

Para sus adentros deseó que se quedase en su pueblo. Aquel hombre no podía seguir en Elohim. Tenía una grave deficiencia circulatoria en las dos piernas y no era capaz de valerse por sí mismo. Incluso había que ducharle. Aquello no era una clínica, pero su hermana no quería hacerse cargo de él. Manolito era un ser violento cuando bebía. El rechazo de la familia era algo cotidiano, aunque no por ello menos doloroso para el alcohólico, hasta para Manolito, que parecía estar ausente del mundo. Pedro había ido, a espaldas de él, a hablar con su hermana para que le buscara una residencia, pero le había contestado que ya lo habían expulsado de una y que estaba tan desesperada, que no pensaba mover un dedo más por él.

Al salir Manolito, entró el periodista. Tenía treinta años y era alto y delgado. Pedro supo lo que quería sin que dijera una sola palabra. Las salidas del centro eran un problema constante porque muchos alcohólicos, después de poco tiempo, se creían recuperados, y la Navidad era siempre una buena excusa.

—Pedro, mis padres vienen de Oviedo y me gustaría pasar las fiestas en casa.

—Tú sabes que no estás todavía en condiciones de salir. Llevas casi tres meses, pero no te encuentro preparado todavía para la calle. La mayoría no sale de aquí hasta los cuatro meses.

—Pero yo soy diferente a los otros. Además, no tengo con quién comunicarme aquí en el centro. Todos son mayores que yo y diferentes a mí—lo dijo en un tono que molestó al director.

—Tienes razón; son diferentes y, a pesar de eso, se van a rehabilitar y tú no.

Pedro tenía razón. El periodista solo creía en sí mismo y en su inteligencia para solucionar cualquier problema que se le presentara.

—¿Yo no? —preguntó alterado.

—No. Para reconocerse alcohólico y entrar por esas puertas, uno tiene que rasgarse las vestiduras. Aquí hay que perder ese 'yo', ese orgullo. El enfermo alcohólico tiene que ser humilde. Si no lo eres, estás perdido. Y tú no eres humilde.

—Yo no estaría tan seguro. Bueno, no te preocupes que no voy a recaer—dijo en un tono conciliador.

—No te voy a prohibir que salgas, pero después del almuerzo vas a tomarte las gotas. Y otra cosa te voy a decir, si recaes, aquí no vuelvas en tres meses porque no te admito. Esas son las normas.

Pedro sabía, por experiencia, que las Navidades siempre traían en los enfermos un sentimiento mezcla de culpabilidad y euforia que les hacía olvidarse de su enfermedad. Aquella era una fecha crucial; con todo, no podía negarse si alguno, después de varios meses allí, le pedía permiso. Tenían que ir acostumbrándose a la calle.

Procuró olvidase del tema de las salidas en Navidad. Había otros asuntos de los que ocuparse y que atañían incluso a su propio equilibrio personal. En Elohim se murmuraba que él mantenía relaciones con Luisa. Algunos lo achacaban a que el centro nunca debería haber sido mixto; otros decían, con mucha peor intención—e intuía quién estaba detrás—que debería dejar su cargo de director, porque el centro se le estaba viniendo abajo.

Pedro estaba verdaderamente dolido, pero no pensaba dejar Elohim. Él había entregado su vida al centro, donde estaban los cimientos de su propia sobriedad, y le era difícil admitir esos rencores y envidias. Para sus adentros, se confesaba que había comenzado a sentir algo por Luisa, sin embargo, no era consciente de que aquel sentimiento influyera en la administración de Elohim. Como todo hombre, necesitaba una mujer a su lado y él mucho más, que cada día tenía que enfrentarse a una realidad tremenda: la de sacar a flote a personas con una enfermedad mortal. Se preguntó si aquello había llegado a oídos de don Fernando, el presidente de la Asociación, aunque en realidad no le importaba demasiado. De todos modos, no pensaba ir más allá en aquel sentimiento.

Don Fernando solo iba un día a la semana a Elohim para dar su charla; no obstante, su presencia se dejaba sentir durante toda la semana. Pedro disponía de bastante autonomía de acción, salvo que tenía que tener en orden sus libros de gastos y entradas. Lógicamente, a final de mes, había una especie de diezmo para el fondo de la Asociación, del que salían los gastos extraordinarios para Elohim y para las otras casas. Y, como era natural, cualquier flujo de dinero en una asociación sin ánimo de lucro, estaba sujeto a crítica.

CAPÍTULO 3

La charla-terapia de don Fernando

Como cada miércoles, don Fernando fue a Elohim a dar su charla-terapia religiosa. Para cualquier buen observador, don Fernando tenía un aspecto algo peculiar. Era rechoncho, barbilampiño, de gafas ahumadas. Su pelo estaba siempre mojado y peinado hacia un lado con una raya perfecta.

Don Fernando era el presidente del centro así como de innumerables casas de transeúntes y ancianos sin hogar. Se decían muchas cosas de él, olvidando la labor tan importante que realizaba entre los marginados sociales. Muchos pensaban que más bien venía era a echarle una mirada a los libros de cuentas. También se comentaba, tal vez injustamente, que pesaba más en él la paga de los ancianos que su labor evangélica.

Quizás por ser un cura casado, su forma de ver la religión estaba muy alejada de la visión católica y se sumía en el acercamiento desmesurado a las Escrituras, por lo que su idea del pecado, el infierno y la tentación, más que fortalecer a los alcohólicos, hacía que se sumieran en un sentido de culpabilidad, tan acusado, que muchos se salían, con cualquier excusa, antes de terminar de hablar. Según las reglas del centro, asistir a las charlas religiosas no era obligatorio, aunque a él le hubiera gustado que lo fueran.

Podría ser que, para los enfermos, aquel sermón se prometiese muy especial, porque el día siguiente era Nochebuena. No obstante, a los pocos minutos de comenzar la charla, Gerardo, un camarero que no se había dado cuenta de su alcoholismo hasta que se cayó borracho encima de unos clientes, salió del aula diciendo que se acordaba mucho de su mujer. Llevaba ya ocho meses en sobriedad, aun así, su mujer no era capaz de perdonarle por todo el sufrimiento que le había causado. El periodista también se salió. Nunca había asistido a estas reuniones, pero aquel día don Fernando había entrado unos minutos antes de terminar la clase de lengua y había comenzado su terapia religiosa a continuación. Los demás se quedaron pegados a sus asientos, aunque algunos, como Sebastián y don José, se encontraban con las mentes en la profundidad borrascosa de su yo, y eran incapaces de reaccionar.

Paco era prácticamente el único que contestaba a las preguntas de aquel magnate de la caridad. Paco, que había estado a punto de destrozar treinta años de matrimonio, era de una religiosidad aplastante. Veía la caridad universal como una balsa en un mar tranquilo. Siempre había albergado el deseo de ayudar al prójimo, y ese sentimiento parecía haber aumentado. Él sabía comprender el corazón del enfermo, del que había sufrido en la vida. Era esto lo que le había llevado a la bailarina. Era asombroso comprobar cómo, a pesar de las secuelas que le había dejado el alcohol, en menos de tres meses en el centro se sentía con fuerzas para tender una mano a otros. Ángeles, por su lado, también había encontrado en Paco una sensibilidad que le hacía olvidarse de sus problemas y del ambiente que le rodeaba en Elohim.

Ángeles tenía cincuenta años, y era de una elegancia que rozaba la cursilería. Siempre había bebido algo, si bien, su afición a la bebida había aumentado al saber que su marido le había pedido el divorcio, junto con la mitad de la venta de la academia. Había ingresado en Elohim en condiciones calamitosas, presa de una fuerte depresión nerviosa y sin poder seguir impartiendo sus clases de ballet.

Cuando llegó, la poca integridad física y síquica que le restaba se le había desvanecido, al encontrarse un edificio frío, situado a pocos kilómetros de la ciudad, en un descampado desprovisto de árboles. Aunque había llegado mal, no le pasó desapercibido el sofá y los dos sillones descoloridos y llenos de bultos que estaban a la entrada del centro. La gente, incluidas las que iban a ser sus compañeras, le había parecido vulgar e ignorante. Notó que Vicenta se expresaba de una manera demasiado agresiva. A Luisa la encontró algo tosca, aunque captó en ella cierta sensibilidad. Ángeles había llegado muy triste, con toda la ensoñación de su tierra, lluvia sobre inmensos campos verdes, sobre valles protegiendo ancestrales casas de piedra, románico legendario que despertaba su espíritu. Allí había tenido que dejar a alguien muy especial que le había salvado del desastre absoluto.

Don Fernando había comenzado su charla-terapia con la pregunta "¿quién puede llamar al Padre, 'padre'?" Para los internos, cualquier persona podía llamarle "padre"; sin embargo, haciendo uso de su destreza bíblica, don Fernando leyó las Escrituras y demostró que solo aquel que creía verdaderamente en Él, podía llamarse hijo de Dios. Ángeles sabía lo que esto significaba. En su estado, cualquier palabra podía sumirle de nuevo en la ansiedad. Ella creía en Dios, pero, de acuerdo con don Fernando, era indigna de llamarse hija de Dios y, por lo tanto, estaba condenada. La bailarina estaba enamorada, desde hacía mucho tiempo, de un sacerdote franciscano. Este sentimiento compartido había nacido en su niñez, en el pueblo pequeño donde nació, y había continuado después de los conflictos de su matrimonio con una fuerza inesperada.

Jaime, un escultor que podía haber dado grandes obras a la humanidad y se había quedado en escayolista, había tomado las palabras con total devoción. Estaba convencido de que la fe bastaba para dejar la bebida. Hacía varias semanas que había vuelto a ingresar y aún se dejaba ver su estado nervioso, llevando siempre dos o tres paquetes de cigarrillos en las manos o en los bolsillos de su cubanera. Se había aferrado, como tantos otros enfermos alcohólicos, al tabaco, en un intento por salir a flote de lo que le atacaba. Jaime sí se consideraba hijo de Dios, y como tal, se iba a salvar y tenía derecho a curarse. Paco le había preguntado cierta vez, no sin algo de intención, si esa misma fe ciega no había sido suficiente para impedir su última recaída, cuando volvió borracho al centro y destrozó el coche del director. Él había respondido con orgullo que había recaído queriendo, para cobrar la inutilidad.

A Paco le hubiese gustado hacer comprender a Jaime que la fe no bastaba para la recuperación. A los pocos días de su ingreso, Paco había comenzado a leer la literatura existente sobre alcoholismo. Y lo que se había iniciado como un simple acto de combatir el vacío que le había dejado su adicción al alcohol se había transformado en una satisfacción personal al saber de su enfermedad y de cómo se podía ayudar a otros. Casi sin darse cuenta, aquel hombre había encontrado una meta en su vida.

Luisa absorbía todas las enseñanzas, tanto de don Fernando como de los profesores que venían al centro como voluntarios. Tenía un ansia tremenda de superación. Con todo, las palabras del presidente de la Asociación le parecían algo duras porque el enfermo alcohólico necesitaba que le ayudaran y le dieran confianza en sí mismo, y no causarle una depresión o un sentido de culpabilidad mayor del que ya tenía. Luisa se dejaba aconsejar por el director, y le agradecía haberle ayudado a superar su crisis. Él le había dado un cariño que para muchos había pasado del de simple director del centro, pero no se lo iba a impedir. Su marido le había hecho mucho daño cuando intentó quedarse con la tutela de su hijo. Se sentía desolada, sin fuerzas para seguir, hasta que llegó al centro y conoció a Pedro.

Luisa no supo lo que era la verdadera religión, la que nace de la relación personal con Dios, hasta que comenzó a asistir a las reuniones de Alcohólicos Anónimos. Allí había notado una espiritualidad que le sobrecogía. No se hablaba de religión, pero lo espiritual parecía empapar cada palabra. En el grupo había conocido a Petra, que había sabido enseñarle el programa de Alcohólicos Anónimos. Petra era una monja alcohólica que había tenido que dejar los hábitos después de cuarenta años de servicios a la comunidad. Durante mucho tiempo, se las había ingeniado para pasar desapercibida hasta que no pudo más. Todavía había cosas que Luisa no comprendía, aunque Petra le había dicho que fuera con calma y con paciencia.

Las palabras de don Fernando habían provocado un *mare mágnum* de respuestas silenciosas en cada uno de los asistentes, incluido Pedro, que había acudido por atención al presidente de la Asociación y para hacer bulto. Aquella era la única charla que los enfermos rehuían. Pedro, como todos, se hundió en sus propios pensamientos. Él no tenía abandonada su casa, lo había dicho muchas veces, y no sentía remordimientos. Concha, su mujer no había querido irse al centro a vivir con él, siempre con la excusa de los hijos y de su madre. Nadie podía culparle si buscaba el roce de alguna mujer. Además era consciente de que Concha lo quería mejor allí, con la mente ocupada, que en casa y estar todo el día en vilo pendiente de una recaída. Él no podía dejar de llamarse "hijo de Dios", como decía don Fernando, porque sabía que estaba haciendo lo que Dios le pedía, y se consideraba creyente, aunque no practicante a la manera católica.

Él era "un hombre de acción", como se definía a sí mismo. Unos minutos antes el profesor de lengua había estado hablando de la Navidad. Les había pedido que buscaran términos que mejor la expresaran. Pedro había entrado en la clase, algo antes de que llegara don Fernando y había querido participar. Había apuntado el término "tristeza" puesto que para él la Navidad no era alegría sino pesar por la gente que no tenía nada. Aquel mismo día por la tarde iban a matar un cerdo de trescientos kilos y de ahí sacaría para remediar a muchas familias. El director no era de tanta oración; no obstante, creía en Dios con firmeza, y sabía que lo había escuchado cuando años atrás le había pedido que lo sacara del pozo en que estaba por su tremenda adicción a la bebida. Luego había llegado a conocerlo un poco mejor en los Cursillos de Cristiandad.

Don Fernando continuó, sin saberlo, hablando de un tema que todos consideraban poco propicio para la Navidad y, aun menos, para un centro de rehabilitación de alcohólicos. Cada uno, sin embargo, se había sumido en su mundo.

CAPÍTULO 4

Tranquilidad emotiva en Elohim

Se respiraba cierta tranquilidad emotiva en Elohim el 24 de diciembre. Algunos como Manolito y el periodista habían ido a pasar las fiestas a sus casas. Joaquín, el subdirector, también lo haría porque su mujer, por fin, había comenzado a aceptarlo. Antes de irse, sin embargo, salió muy temprano con la furgoneta a recoger las bolsas de leche que una fábrica les daba a cambio de llevarse los cartones de los envases.

Joaquín no se encontraba del todo mal en el centro. Cumplía escrupulosamente sus obligaciones, y recibía cierta ayuda económica de la Asociación, aunque él aspiraba al puesto de director. Se encontraba capacitado. Estaba harto de aparecer como segundón siendo él quien tenía que lidiar con los enfermos. Y, últimamente, mucho más cuando veía que el director dedicaba más tiempo a Luisa que al centro. "Algún día se darán cuenta de quién es Pedro", pensaba a menudo, "y entonces yo estaré aquí para ocupar su puesto".

Para los que se quedaron, el día se presentaba apacible, aunque triste. A media mañana, los profesores llegaron para terminar de adornar el centro. Después se reunieron con los internos en el salón de la televisión e intentaron, sin mucho éxito, cantar algunos villancicos. La desolación se calaba por los poros de la uralita del techo. Cada uno se acordaba de su historia personal. Al marcharse los profesores, hubo una especie de desbandada general. Parecía como si cada uno quisiera olvidarse de sí mismo y de aquellas fechas. Muchos se reunieron a jugar al dominó en el aula y allí se sumergieron en una nube espesa de humo de cigarrillo. Gerardo y algunos voluntarios se dedicaron a preparar el cerdo que habían matado la tarde anterior. Paco y Ángeles fueron a dar un largo paseo fuera del centro con la excusa de tomarse un café. Pedro y Luisa salieron a comprar platos y vasos de papel para la comida del día siguiente.

Vicenta se quedó en la cama hasta tarde porque aquel día no tenía que vender los cupones. Se sentía un estorbo por su ceguera. La noche anterior, Pedro le había pedido que los acompañara, pero se había negado. En su tono de voz había creído notar que lo había dicho de compromiso, porque, en el fondo, lo que quería era estar con Luisa sin testigos. Sabía que la mujer de Pedro llegaría por la tarde y sintió verdaderos deseos de contarle lo que estaba ocurriendo.

Justo a la hora de almorzar, se dirigió con pereza al comedor; se encontraba angustiada. Sus primeras Navidades en sobriedad no iban a ser tan felices como se las había imaginado. Había soñado estar al lado de Pedro en el comedor y, después de la cena, haberse ido a su cuarto, a solas con él, a charlar como siempre de sus cosas, de sus proyectos. En el comedor notó cierto alboroto. El cocinero no dejaba de reñir al que dejaba algo de comida en el plato.

—¡Coño! Me llevo todo el día cocinando y luego ni me lo agradecéis.

Vicenta conocía la historia de Remigio. Todo el mundo en Elohim la sabía. La relación intensa en el centro hacía que las montañas más enormes de silencio se derrumbaran y los enfermos, tarde o temprano, en las terapias o charlando en el jardín, compartían sus ansiedades, que así dejaban de serlas. Lo peor era cuando alguien se apartaba de los demás y se refugiaba en sí mismo. Allí, el veneno del alcohol siempre terminaba enseñoreándose. A Remigio no le gustaba contar su vida, aunque de vez en cuando se le escapaban algunos retazos de esta.

Remigio, un soltero cincuentón, había dedicado muchos años, después y antes de recuperarse de su alcoholismo, a cuidar y dar una carrera a la hija de una hermana fallecida en un accidente de tráfico. Sin embargo, por su temperamento, algo terco, como si estuviera eternamente en borrachera seca, habían discutido, y su sobrina no lo había invitado a su boda. Esto había agriado más su carácter.

—¡Remigio! —dijo alguien—, protestas más que una preñá.

—Tú te callas, cureta, —le contestó— que no has hecho en tu vida sino rezar el rosario y beber aguardiente. Seguro que esta noche darás tú la misa del gallo, por lo del vinillo dulce.

Era de sobras conocida la facilidad del cocinero para apodar a los enfermos. El "cureta" había estado en el seminario hasta que se dio cuenta de que no tenía vocación y se había salido. Después se había dado a la bebida. A pesar de todo, conservaba un aire de cura mucho más acusado que uno en activo. El "cureta" llevaba quince días ingresado, y era de carácter bonachón y dicharachero, sin embargo, a veces se hundía en un mutismo difícil de romper. En las reuniones, aunque de manera ambigua, había dado a entender su homosexualidad, que achacaba a una violación. Cristóbal no se aceptaba y de ahí venía su inestabilidad emocional así como su adicción a la bebida.

Después de almorzar Vicenta regresó a su dormitorio. Se sentía deprimida e incapaz de hacer nada al respecto. Una buena siesta le vendría bien. Había notado la ausencia de Pedro y Luisa con un retortijón en el estómago. "Estarán almorzando en alguna venta"—pensó—. Desde el pasillo, siguió oyendo la voz del cocinero. Se acordó de Pedro. Había rozado un cuerpo delgado pero musculoso. Había conocido una voz cálida, tranquila, firme. Había notado una voz incitante, desinteresada y había comenzado a querer. Nunca había sentido nada igual. Recordaba haberse enamorado de su maestro en el colegio interno de la ONCE. Aquella voz le había conducido de la mano hasta otros lugares y otras culturas. Esta voz era diferente; le había transmitido mando y fuerza, y había desatado en su interior una pasión desbocada.

Por la noche cenaron en un silencio poco habitual para las fechas. Algunos familiares habían venido y se sumaron a la cena fría que Remigio había dejado preparada. El salón se había adornado con estrellas de papel de plata y flores. A un lado de este, en una gran mesa, se habían dispuesto cajas de mantecados surtidos, turrones y bebidas no alcohólicas, que algunas personas agradecidas habían regalado al centro. La gran comida se dejaría para el día siguiente. Se había invitado a grupos de Alcohólicos Anónimos de la ciudad y de algunas provincias cercanas, que vendrían con sus familias.

Vicenta siempre comía con Pedro y Luisa, pero se habían hecho ciertos cambios por la visita de algunos familiares, y se tuvo que sentar con Paco, Ángeles, Sebastián y don José. A este último le gustaba contar su vida. Había trabajado como médico de cabecera en la seguridad social y en su consulta privada hasta que, a los cincuenta y cinco años, se dio cuenta de que era alcohólico e ingresó en Elohim aconsejado por un amigo. Con frecuencia hablaba de que, a no ser que conociera a alguna mujer joven que se quisiera hacer cargo de él, se iría a terminar sus días a una residencia de ancianos. Él y Sebastián llevaban más de dos años en Elohim, y seguramente se quedarían algunos más.

—¿Es que os pensáis quedar toda la vida aquí? —preguntó Ángeles a Sebastián con una sonrisa.

Ángeles, en el fondo, quería responderse a sí misma, aunque pensaba estar en el centro el mínimo tiempo posible. Era una mujer muy arrojada y desenvuelta, pese a su tremenda emotividad; todavía rompía en llanto sin causa aparente.

—A mí me gustaría salir de aquí —dijo Sebastián—, pero me da miedo de la gente. Me encuentro muy torpe y me da la impresión de que me mirarán como un bicho raro.

Sebastián se expresaba y se movía con la lentitud de un día de otoño, fruto de su perenne tratamiento contra la depresión. Era un depresivo crónico. El director, con el consentimiento del psiquiatra, había estado probando la dosis de antidepresivos que mejor le pudiera ir. Cuando su prima lo trajo al centro, la medicación que tomaba lo tenía todo el día en cama. Sin embargo, después de haber dado con la medida apropiada, se seguía comportando como antes. A pesar de esto, Pedro lo hacía colaborar con las tareas del centro como los otros, barriendo, cortando la yerba, e incluso, a veces, descargando la camioneta. En su última borrachera, Sebastián había intentado arrojarse al horno de pan donde trabajaba.

—Según tú—intervino Vicenta—, a mí sí me mirarían como a un bicho de otro planeta...

—Eso es imaginación tuya, Sebastián—dijo Paco desviando el curso de la conversación.

Paco sabía que profundizar más en aquello podía hundirlos más en ellos mismos. En el fondo, Sebastián y don José, como tantos otros alcohólicos, se sentían solos y abandonados por sus familias. Nadie venía jamás a verlos. Aquel era el destino de la mayoría de los enfermos alcohólicos activos o no. Nunca se llegaba a perdonar por completo el mal ocasionado durante el transcurso de la enfermedad. El alcohólico, con todo, tenía que aprender a perdonar y a reparar en lo posible el daño causado, algo crucial en la recuperación.

—¡Hoy tenemos que alegrarnos de estar aquí!—dijo Paco para que los demás le oyeran—. Hemos escapado de las garras afiladas del alcohol. Estamos vivos, nos hemos encontrado a nosotros mismos y el niño Jesús nace dentro de dos horas.

—Tienes razón, Paco—dijo Ángeles.

Vicenta calló y movió la cabeza hacia donde creía que estaban Pedro con su mujer y su hija. También oía hablar a Luisa que estaba en otra mesa con su hijo. Sabía que Roberto, su ex marido, se lo había llevado, aunque él no se había quedado allí. "Es posible que le tenga miedo a Pedro" —pensó.

Después de la cena, se reunieron un rato en el salón. La mujer de Pedro se sentó con la niña en sus brazos y se puso a mirar la televisión. Pedro hablaba con Gerardo de la posibilidad, si el tiempo lo permitía, de sacar al día siguiente las mesas fuera. Luisa, cogida de la mano de su hijo, charlaba con Paco y Ángeles de cosas que pasaban en Elohim. Vicenta se había enfrascado en una charla entretenida con el "cureta", y parecía haberse olvidado, de momento, de sus problemas. Sobre la una y media, los familiares se fueron y cada cual se refugió en su dormitorio.

Paco compartía el cuarto con el periodista y lo echó de menos. Le hubiera gustado haber charlado un poco con él. Sentía algo de ansiedad. Estaba seguro de que de haber estado aquella noche en su casa, hubiera recaído. Su mujer había querido ir, pero se lo había impedido. Prefería que ella pasara con sus hijos aquella fecha tan señalada. Antes de dormirse, miró a la estampita de Fray Leopoldo que le había traído Paquita, una de sus hermanas. Quizás el santo había contribuido al milagro.

Vicenta se acostó pensando en Pedro. Le dolía que durmiera con su mujer. Pedro le había hecho creer que era algo importante en su vida. Se acordó de cuando todas las atenciones eran para ella y se sintió usada.

CAPÍTULO 5

El día de Navidad

El día 25 amaneció frío pero soleado. Luisa salió del piso y se dirigió al comedor. Ya su hijo, que había pasado la noche con ella, correteaba por el centro con la hija de Pedro. Había dormido bien. Al pasar por el jardín, se fijó en los geranios de colores que Javier había plantado, y tuvo un recuerdo afectuoso hacia él. Ya había vuelto al campo, a la tierra de sus padres. Se sentía orgullosa de estar en Elohim, de haber conseguido vencer al monstruo del alcohol; a veces, sin embargo, el hecho de ser una enferma de por vida le aplastaba en silencio como una gran losa de granito, aunque aquella mañana no iba a pensar en nada de eso.

Estaba feliz, radiante. Nunca se había sentido así. Tenía razones para ello. Llevaba cinco meses sin beber. Había logrado no solo ser la de antes, sino mejor. Apreciaba el aire por la mañana, el color del cielo, la amistad y simpatía de todos. Roberto hacía poco que había comenzado a asistir a Al-Anón, a las reuniones de las familias de alcohólicos, lo que le demostraba que tenía interés por saber de su enfermedad, aunque Pedro no lo creyera así. Luisa había recuperado a su hijo, que era lo que más había deseado en el mundo. Su marido se lo iba a traer después del colegio para recogerlo por la noche. Allí haría sus deberes y cenaría. A veces, cuando lo miraba fijamente, Luisa creía que, a sus cinco años, la comprendía.

Le estaba agradecida a Pedro por su cariño desinteresado y por haberle sabido infundir confianza y seguridad. Últimamente, incluso había hablado con don Fernando que le había propuesto que llevara la casa de mujeres, que por fin se iba a construir. Ella se había negado, en un principio, porque no se creía capacitada. No era una mujer ilustrada ni sabía mucho de cuentas. Solo por su mucho insistir, había accedido, no sin antes obtener de Pedro la promesa de su ayuda incondicional.

Antes de entrar en el comedor, Luisa se paró a conversar con algunos de sus compañeros. Todos la mimaban. Después de desayunar, se prestó a ayudar a los hombres a sacar las mesas al jardín, pero la mandaron a la cocina. Había que echarle una mano a Remigio, el cocinero, que se había puesto nervioso y juraba que no lo volverían a coger para otro almuerzo para tanta gente.

Vicenta se levantó algo más tarde. Estaba cansada porque no había podido dormir. Tenía la certeza de que Pedro, después de una semana sin ver a su mujer, habría tenido contacto físico, y había pasado gran parte de la noche en vela esperando, sin éxito, oír cualquier ruido que le indicara algo en este sentido. Les había oído discutir, aunque no pudo distinguir de qué. Vicenta intentaba convencerse de que era Navidad, y de que tenía que estar feliz, pero no sentía ninguna alegría especial. Fue al comedor y le pidió al cocinero que le calentara algo de café. Este le contestó con un refunfuño que debía haberse despertado antes. Vicenta no le prestó atención y se fue a sentar, como lo hacía habitualmente, en la mesa del fondo, pero Luisa le indicó que las mesas se habían sacado al jardín, y ella misma la acompañó a la que estaba en la cocina, gesto que Vicenta no agradeció. No habían vuelto a tener ningún roce porque cruzaban entre ellas las menos palabras posibles. Antes de que le pusieran el café, encendió un cigarrillo. Ya llevaba tres pero lo aspiró con fruición.

Mientras estaba sentada, empezó a oír ruido de coches y de voces. "Ya están llegando. Lo que nos faltaba aquí" —pensó—, "no cabíamos en la cazuela y parió abuela".

—Venga, Vicenta. Termina de ahí, que tengo que poner las chuletas —le dijo Remigio.

—Buenos días, Vicenta. Verás la fiesta que hemos preparado—le dijo Paco, dándole un beso en la frente.

Paco era muy cariñoso. Habían tenido unas palabras, pero todo estaba olvidado. Vicenta percibió que se encontraba mucho más alegre que de costumbre, muy diferente al de hacía tres meses. Entonces le dolía el pecho. A todo el mundo le decía que padecía de infarto. Después, como a casi la mayoría, le había sobrevenido la depresión y había culpado a su mujer y a sus hijos por haberlo denunciado. Los dolores del pecho no desaparecieron hasta que Pedro lo puso a andar mañana y tarde alrededor de Elohim.

—Venga, Vicenta—le dijo Remigio de nuevo.

—Está bien, está bien. Te dejo el café ahí, sabe a achicoria—lo dijo para oírlo.

—Otra vez ven a esta hora a pedirme café que te voy a dar lo de la madre pelusa.

—¡Vicenta! —oyó la voz de Paco de nuevo—. Ven para acá que te voy a presentar a mis hijos, verás qué guapos son.

Vicenta sonrió. Los videntes no se daban cuenta de que ellos no podían distinguir lo feo de lo bonito. Siguió la voz de Paco, que la condujo hasta el jardín.

Desde la puerta de la cocina que daba al jardín, Luisa vio que Roberto acababa de llegar y se sintió algo nerviosa. Había pasado el fin de semana anterior en su casa con él y su hijo, y había vuelto distinta. Había encontrado en Roberto a otro hombre, más comprensivo, aunque todavía desconfiaba de él. Le tenía cariño pero no amor. Sabía que en Elohim se pensaba que Pedro estaba enamorado de ella y que era un amor compartido, pero no todo era tan fácil. El director era un hombre casado, en circunstancias muy especiales, y no podía darle ninguna seguridad sentimental; y ella estaba separada pero necesitaba a su hijo. De todos modos, no quería preocuparse demasiado por el momento. El director estaba llenando el vacío que le había dejado la bebida y el desamor de su marido.

A Pedro le molestaba que Roberto fuera al centro, pero no podía impedirlo. Tenía la certeza, por lo que Luisa le había contado, de que la había inducido a beber con su actitud de total frialdad hacia ella. Luego, cuando se dio cuenta de que se había convertido en una alcohólica, la había echado de su casa, se había separado de ella y había intentado quedarse con la tutela del niño. Esto no se había llevado a cabo gracias a su ingreso en Elohim. Cuando Pedro recibió a Luisa en su despacho, estaba totalmente hundida y con menos de cincuenta kilos de peso. Él la había ayudado con su cariño a levantarse de sus cenizas y no estaba dispuesto a consentir que Roberto la hundiera de nuevo. Estaba seguro de que lo que buscaba era acostarse con ella y, si volvía a caer en el alcohol, quitarle al niño.

Pedro, aunque estaba saludando a uno de sus muchos apadrinados, lo vio llegar y se aproximó a él.

—¿Qué haces aquí, Roberto? —le dijo sin más.

—¿Es que no puedo venir a ver a mi mujer?

—Ella no ya es tu mujer. Y el único que puede decidir quién puede visitarla soy yo. Yo miro por ella y por su sobriedad.

—Pedro —intervino Luisa que se había acercado enseguida—, no pasa nada. Roberto ha venido a llevarse al niño a almorzar con los abuelos.

—Lo que quiere este es llevarte de nuevo a la bebida —dijo Pedro fuera de sí.

—Ni la he llevado ni la voy a llevar a la bebida, todavía es mi mujer y la necesito —dijo levantando la voz.

Pedro se dio cuenta de que la gente empezaba a mirar hacia donde ellos estaban.

—Yo sé para lo que tú la necesitas. Anda, entra en el coche y no pongas un pie en el centro hasta que yo lo diga. Como la sigas viendo, no tarda ni dos días en recaer.

Roberto era un hombre corpulento, y no le temía a un enfrentamiento físico con el director, pero se contuvo.

—Mañana por la mañana vendré a recoger al niño —dijo a Luisa sin mirar a Pedro.

Luisa se sintió muy nerviosa, y se acercó al grupo de Paco y su mujer, incapaz de pronunciar ni una sola palabra. Comprendía a Pedro, aunque también entendía la postura de Roberto. Por primera vez en tres meses, sintió deseos de tomarse una copa y olvidarse de todo.

A pesar del incidente con Roberto, el almuerzo se hizo con buen humor. Habían acudido cerca de sesenta personas y se dejaba ver en ellos la inmensa alegría por haber salido del infierno del alcohol. Hubo arroz y chuletas para todos, y todavía quedaba cerdo para más de una semana. Tras el almuerzo, María, una chica de treinta años, que se recuperaba en los grupos de Alcohólicos Anónimos, sacó una guitarra y cantaron algunos villancicos. Estuvieron en el jardín hasta que se fue el sol. Después, algunas mujeres recogieron las mesas y ayudaron a fregar y a limpiar la cocina, mientras que los hombres devolvían las mesas al comedor.

Sobre las cinco de la tarde los invitados se marcharon y muchos internos se retiraron a descansar. Pedro también se echó un rato después de comentar con Paco y Joaquín, que había llegado por la mañana, lo bien que había salido el almuerzo. Hasta Remigio estaba satisfecho, y mucho más al comprobar que las mujeres le habían dejado la cocina reluciente.

A pesar de que había tratado que nadie lo notara, Pedro se sentía algo deprimido por lo que había pasado. No podía discernir si había actuado por protección o por celos. Reconocía que no había sido demasiado inteligente haber echado del centro a Roberto. Podía haber sido más diplomático, pero él no era de esa manera. Le gustaban las cosas claras, y lo había hecho por razones justas. Lo peor del caso es que se había buscado un enemigo.

Puede que la gente tuviera razón y se estaba enamorando de Luisa como un loco, y quizás las habladurías fueran ciertas y aquello estuviera afectando su labor en el centro. Se encontraba muy desorientado. La noche anterior no había podido tener relaciones sexuales con su mujer, aunque no creía que fuera por eso. Entre su mujer y él ya no existía nada. Hacía años que todo había terminado.

Pedro sentía haber encontrado un aliciente más en la vida que la de llevar el centro y buscar fondos para mejorar sus instalaciones. Su mujer jamás le había comprendido, aunque no la culpaba. Nunca iba a las reuniones de Al-Anón ni a ninguno de los homenajes que se le habían dado por su labor y años de sobriedad. Se conformaba con que no bebiera, lo demás no le importaba. Luisa sí lo comprendía. Con ella, podía compartir sus experiencias, confesar sus temores, sus ansiedades, sus ilusiones.

Luisa había llegado a mitigar el vacío que su mujer había dejado en él. Seguía sintiéndose solo, pero era una soledad de dos, una soledad compartida. Sabía que ella veía en él a un hombre que la trataba como a una mujer y no como a una borracha, y sentía que había crecido a su lado, que había llegado a conocerse como nunca lo hubiese sospechado. Pedro era consciente de los rumores y de lo que estos podrían traer. Él había sabido guardar su sobriedad a pesar de cualquier embate y era fuerte, pero Luisa no lo era. Tenía que protegerla, hacerla fuerte. Sin embargo, él no podía ofrecerle la estabilidad que ella necesitaba. Es posible que tuviese que despertar de aquella ensoñación, de aquella borrachera seca, y llevar las riendas de su vida, porque estaba comenzando a sentirse perdido.

Una llamada interrumpió los pensamientos. El periodista había recaído. Lo supo nada más reconocer la voz de uno de sus hermanos. Según este, el día de Nochebuena se había hartado de *whisky* y de varias clases de licores fuertes, sin recordar que se había puesto las gotas, y lo habían tenido que ingresar casi en coma. Pedro sabía cuál era el problema con los familiares de los alcohólicos: más que mirar por su sobriedad, querían quitárselos de encima.

—Le voy a decir una cosa—le dijo—, su hermano no ha tocado fondo—su tono era extremadamente áspero—, y para que lo toque se tiene que ver sin nada, nada.

—¿Eso qué quiere decir?—le respondió aquel hombre con tono de exigencia—¿Que lo dejemos abandonado?

—Sí, eso quiero decir. Tiene que verse abandonado, derrotado por completo, que vea que no tiene apoyo por ningún lado. Si quieren ayudarlo, no lo admitan en casa, que tenga que pedir para beber. Además, aquí no puede ingresar hasta que pasen tres meses. Esas son las normas.

—Pero... bueno, qué se le va a hacer. Lo que usted diga—dijo la voz sin insistir más.

Sentía haber tenido que mostrarse así de duro, cuando sentía que no era capaz de serlo con él mismo, pero era la única manera de tratar al periodista.

Después de aquella llamada, Pedro descolgó el teléfono y se echó en la cama. En la habitación contigua oyó ruidos. "Ojalá estuvieras aquí conmigo, Luisa" — pensó—, pero sabía que se trataba de Vicenta, que a veces tropezaba con alguna silla.

CAPÍTULO 6

Las recaídas

Vicenta llegó borracha a la cena. Ella era la única responsable de esta recaída. Ni siquiera Pedro podía haber evitado aquel desenlace. Antes de ingresar en Elohim, Vicenta cogía tres borracheras diarias de coñac. Había dejado de prestar atención a su trabajo, y buscaba cualquier tipo de excusa para no salir a vender los cupones. En el fondo, le daba vergüenza de que todo el mundo la viera hecha un guiñapo.

La última había sido en la cafetería de la delegación de la ONCE. Allí, según la asistenta social, se había caído al suelo y había comenzado a pegarse puñetazos y bofetadas. Después, había entrado en el despacho del jefe de venta de la ONCE, que le había mandado un apercibimiento por incumplimiento en el trabajo, y se había enfrentado a él, aunque solo logró expresarle la lástima que sentía por sí misma. "¿Por qué Dios me tiene en el mundo? ¿Por qué me hace sufrir tanto? ¿Por qué coño no me dejó morir cuando tuve la meningitis?" —le había preguntado sin esperar ninguna respuesta.

La asistenta también le explicó que había dicho barbaridades de su madre y que, al darse cuenta de su estado, el jefe de ventas había decidido que ingresara en algún centro de rehabilitación. No era el primer caso de embriaguez de un invidente alcohólico. Vicenta lo único que recordaba después era verse en la cafetería de la delegación, tomando un café doble, sin azúcar.

Al entrar en el comedor se hizo el silencio de repente. La voz del cocinero que reñía a un enfermo se quedó congelada. No hubo palabras pero todos comprendieron. Vicenta se sentó en su mesa habitual, junto a Pedro y Luisa, que enseguida se levantó a traerle el primer plato.

—¿Por qué lo has hecho? —preguntó Pedro.

—¡Lo necesitaba! —Vicenta levantó la voz. Podía ser despótica cuando lo quería—. Me hacía falta. Hay ciertas cosas que me molestan.

Vicenta alzó un poco la cabeza como si lo estuviera mirando fijamente. Se había perdido entre los montes oscuros de su pelo. Había rozado aquel brazo firme que le había hablado de delicadezas jamás soñadas, que le había envuelto en una luz jamás vista. Su voz había sido el bastón firme que nunca había poseído, el lazarillo angelical que todo ciego necesitaba. Siempre había sido tratada como un animal de feria, como la mujer barbuda de un circo de función permanente. Había confiado en él con la fuerza del amor que solo una ciega podía sentir porque estaba creado desde dentro, desde una imagen bella, desde una imagen cándida que acariciaba sin tinieblas, y ahora todo estaba roto. Ya no le importaba nada lo que le pudiera pasar.

—Se lo comunicaré a la ONCE y te quedarás unos días sin salir hasta que se te pasen las ganas de beber —dijo Pedro con dureza—. Y si insistes en beber por capricho, aquí no tienes cabida.

Vicenta sintió ganas de tirar el plato por el aire y salir corriendo pero continuó impasible, haciendo esfuerzos inútiles por mojar el pan en el huevo frito. Luisa y Pedro se miraron sin decir nada. Todo se quedó en silencio. Solo se oía el traqueteo de los tenedores en el plato. A cada uno le trajo a la memoria algo distinto y a la vez similar: historias personales, recaídas, sentido de culpabilidad.

—Y no me miréis así —sonó de nuevo la voz de Vicenta—. ¡Sí!, me he tomado una botella de ginebra. A todos os gustaría tener delante una ahora mismo.

—Vicenta, es mejor que te vayas al cuarto. Estás borracha como una cuba —dijo Luisa, levantándose para acompañarla.

Luisa desde el primer día había sentido un cariño mezclado de cierta piedad hacia Vicenta.

—Tú te callas, que me tienes hasta el mismísimo. ¿Por qué no te vas con tu marido y tu hijo? ¿O es que has encontrado aquí algo mejor?

—Yo estoy aquí como tú, intentando rehabilitarme.

—Ya está bien—cortó Pedro algo alterado por el derrotero que estaba llevando la conversación—. Vete a tu cuarto. Mañana, cuando te levantes, hablaremos.

Vicenta salió del comedor y se dirigió al dormitorio dando tumbos. Nada más echarse en la cama, buscó refugio en las cimas soporíferas del alcohol, en la desesperanza del mañana, con un sabor nauseabundo en la memoria. "¿Por qué coño no cerró mi madre las piernas cuando nacía?" —pensó—. Y antes de quedarse profundamente dormida, imágenes de su vida acudieron a su mente.

La meningitis la había dejado ciega a los dos años de edad, y hasta los tres años y medio no había podido articular una palabra completa. A esa edad, no parecía mayor que una niña de tres meses, y su madre la tenía todo el día metida en una canasta a la que habían puesto cuatro ruedas. Reconocía que sus padres eran muy pobres e ignorantes y no habían sabido comprenderla, pero le dolía que nunca le hubieran dado el mismo cariño que a sus ocho hermanos. Quizás la culpa fuese del médico del pueblo que les había asegurado que no viviría más de cuatro años, y que si vivía sería una deficiente mental, porque incluso después de recuperarse físicamente y poder andar, sus padres y hermanos la seguían tratando como a una niña retrasada. Nunca la pasearon por el pueblo porque se avergonzaban de ella. Vicenta todavía recordaba con dolor cómo su madre le pegaba por restregarse los ojos, algo muy normal en los niños ciegos.

Su ingreso en la ONCE a los cuatro años había hecho el milagro. En el colegio la llamaban "la molinillo", porque, aprovechándose de la ceguera de los profesores, había cogido la manía de dar vueltas en el aula. "Doña Pepa, la Vicenta, está otra vez dando vueltas por el aula,"—le gritaban los otros niños. Afortunadamente, allí le habían enseñado a hablar. Sin embargo, para su madre, había seguido siendo la niña retrasada que era mejor tener lejos, y hasta el día de su primera comunión, a los siete años, no había aparecido a verla. Comprendía que estaba lejos, y hubiese representado mucho gasto para la familia, aunque podían habérselo pedido a la misma ONCE o al alcalde del pueblo. Seguro que le hubiesen dado para el viaje. "Tú no eres mi madre" —le había dicho—. "Vete de aquí, yo no te quiero. Yo a quien quiero es a la señorita." Le habían hablado de su madre, pero no se acordaba de ella.

Vicenta recordaba bien aquel día. Nunca había llorado tanto. Era como si hubiese querido borrar de su mente todo el dolor por haberse encontrado sola, en un mundo de oscuridad. "¿Por qué nunca viniste a visitarme los domingos como las madres de mis amigas?" —le había preguntado—. "A mí no me queréis. Me ha dicho la auxiliar que nadie me quiere, que soy una gitana". Después, habían estado paseando por el patio de la escuela. "Mamá, esta niña tiene una pelota, aquella un muñeco" —le había dicho—. "¿Por qué a mí no me compras algo?, anda, mamaíta, que estoy muy triste..." Al saber aquello, la directora había dispuesto que se fuese a su casa a pasar el verano para que les tomara cariño a sus padres. "Ay, señorita, yo me voy con mis padres pero a dormir aquí" —se había quejado Vicenta.

La vivienda de sus padres no era sino una choza de dos por tres metros, sin apenas muebles. Tenían que comer en el suelo. "Mamá, ¿por qué comemos en un lebrillo?" —le decía a su madre—. "Ay mamaíta, yo te quiero, pero quiero irme al colegio." Aquel verano había sido desastroso. En junio la habían llevado a su casa, y en julio habían tenido que ir por ella porque estaba muy triste y con cuarenta de fiebre. Además, no quería comer. Le daba asco.

Cuando terminó el colegio, no tuvo más remedio que irse a vivir con ellos. Todos dormían, comían y se cambiaban en la misma habitación. Para hacer sus necesidades tenía que esperar a que oscureciera y hacerlas en medio del campo. Sin embargo, gracias a una fotografía que hicieron de ella con sus hermanos, le dieron un piso en un polígono. Vicenta había venido del colegio sabiendo valerse por sí misma y con una educación general, incluso había aprendido *braille* antes que la mayoría de sus compañeras, pero todos la seguían viendo igual que antes, como un muñeco de trapo. A los 18 años había comenzado a vender cupones y empezó a darle el dinero a su madre. A partir de aquel momento, su madre sí tenía ocho hijos.

Al irse Vicenta, Ángeles se sintió desfallecer y tuvo deseos de huir de aquel lugar. Le estaba agradecida a Elohim puesto que allí había conseguido olvidarse de la bebida, y su depresión estaba empezando a remitir. Allí también había conocido a Paco, que le había cobijado con su eterna dulzura. A él le había confiado cosas de su vida íntima, antes jamás contadas a nadie, lo que la había ayudado a desprenderse de un sentido de culpabilidad que le atenazaba hasta asfixiarla. Sus largos paseos con él bajo el sol resistente de noviembre habían sido como una caricia delicada que le habían devuelto a una sobriedad serena. Gracias a él, se encontraba fuerte, capaz de tomar decisiones, y, muy pronto, se marcharía. El ambiente del centro le aplastaba.

Al día siguiente, con los últimos nubarrones de invierno, se hizo el silencio sobre Elohim y continuó todo el día. Para alguien que no conociera el centro, parecía que allí nunca sucedía nada; pero no era así. A Elohim se llegaba con la vida en el fondo del precipicio, sin ilusiones, con intentos de suicidio; poco a poco, sin embargo, muchos vencían al alcohol, y se transformaban en nuevas personas. Se salía con proyectos de vida, con planes de compensar a las familias por tanto dolor.

Al entrar en Elohim había que darse por vencido y aceptarse alcohólico, una aceptación que tenía que ir más allá de lo intelectual y adentrarse en lo profundo del ser emocional. La abstención era un requisito indispensable para poder recuperarse, pero no había que sufrirla como una pesadilla, ya que en ese caso el alcohol conseguía imponerse. Había que buscar consuelo y apoyo en un nuevo modo de pensar y de vivir, en un nuevo estilo de vida. Un gran apoyo lo proporcionaban las reuniones con personas que también habían dejado la bebida; otro apoyo seguro consistía en ponerse en manos de un Poder Superior, tal como uno lo entendiera, junto al que se emprendía el tren de la esperanza en el futuro.

Aquel día había soledad en el ambiente. La sicóloga notó algo nada más llegar.

—Aquí hay vibraciones negativas—dijo en un tono metafísico.

Como todas las semanas, se reunió con los enfermos; ese día hablaría del sentimiento de culpabilidad, pero nadie había querido compartir. Durante el almuerzo, la poca conversación rondó en torno al pavo que había querido picar a Gerardo. Se intentaba evitar hablar de la recaída de la ciega.

Vicenta se había ido a una pensión, no sin antes pedirle ayuda a Pedro. Con su recaída, en contra de lo que algunos habían creído, no había intentado posponer su alta de Elohim para estar con el director.

—Ese pavo va a caer para Semana Santa—dijo Pedro.

—Al pavo no se le mata porque se ha criado aquí y ya es de la casa—dijo Luisa.

—Te llaman por teléfono—avisó Joaquín desde la puerta del comedor.

—¿Quién es?

—No lo sé. No lo ha dicho. Es la voz de un hombre.

Pedro se levantó y se dirigió a su despacho, al volver, tenía la cara desencajada.

—¿Qué pasa, Pedro? —preguntó Luisa.

—Pues un hijo de puta que dice que lo que yo hago es acostarme con las enfermas.

Joaquín tuvo una sonrisa socarrona. La ida repentina de Vicenta hizo sospechar del origen de la llamada, pero nadie dijo nada.

Por la noche, Pedro recibió otra llamada, aunque de muy distinta índole.

—Soy la hermana de Manolito. Tiene usted que venir a recoger a mi hermano. Está bastante mal y no sé qué hacer con él. Me tiene desesperada.

—¿A qué viene tanta insistencia, señora? Usted es la que tiene que ser responsable de su hermano y no yo.

—He ido al sargento de la guardia civil y me ha dicho que ustedes son los que tienen que venir a recogerlo, y que, si no vienen, ellos mismos se lo van a llevar.

—El sargento de la guardia civil mandará en su cuartel, pero aquí el que manda soy yo—le dijo cortante—. Además, primero tiene que pasar por un hospital. Aquí no podemos ayudarle si está tan enfermo como dice.

Dos días después, la hermana de Manolito volvió a llamar insistiendo en que fuera a verlo. Pedro decidió finalmente mandar a Joaquín, que se lo trajo a Elohim. Allí lo bañaron y lo medicaron para sacarlo de su estado de predelirium. Manolito insistía en que su hermana le metía bichos en la cama y que quería envenenarlo. Ella lo había tenido encerrado como un animal y, por miedo, le había estado comprando botellas de vino. En Elohim, Manolito se tranquilizó, y se durmió soñando con la Maestranza de Sevilla.

CAPÍTULO 7

Se acercaba la primavera

Se produjeron muchos cambios en Elohim durante marzo. Nada más comenzar el mes, Luisa se marchó a una residencia de ancianos de la Asociación. Estaría allí varias semanas como subdirectora a fin de prepararse para su puesto en el futuro centro de mujeres alcohólicas. Todavía seguía con inseguridades e indecisiones, aunque empezaba a comprender que ayudar a otras enfermas fortalecería su propia voluntad. Además, quizás estando lejos, los comentarios sobre su relación con el director disminuirían, y le daría a ella un respiro. Se sentía muy trastornada. Nunca se lo había dicho a nadie, ni siquiera a Petra, que la había apadrinado al comenzar en el grupo de Alcohólicos Anónimos. En realidad sí sentía por el director algo más que simple agradecimiento, pero aquello no podía ser y no llegaría a más. Su hijo necesitaba un padre, y Roberto parecía que estaba cambiando.

A mediados de marzo, Ángeles volvió a Navarra; sin embargo, por temor a perder su anonimato, no asistió a los grupos de Alcohólicos Anónimos y estuvo a punto de una recaída. Paco, de nuevo, esta vez por teléfono, la había vuelto a ayudar alentándola para que no se dejara vencer por la realidad de la calle fuera del centro, guardara su sobriedad como el tesoro más preciado y buscara su fortaleza en Dios. Paco le había sugerido una vez más que asistiera a las reuniones de Alcohólicos Anónimos, como algo vital en su recuperación.

Ángeles finalmente decidió hacer caso a Paco. Había encontrado un grupo en el que se sentía segura de su anonimato. En sus llamadas a Elohim desde Navarra se dejaba ver su progresiva ilusión por la vida. Empezó a darse cuenta de que podía llevar una vida normal. Encontró trabajo de enfermera en un hospital de la Seguridad Social, y se sentía muy llena dándose a los demás. Tenía el proyecto de pedir que la trasladaran a psiquiatría, y llevar el mensaje de salvación a otros alcohólicos. Al final tuvo que dar a su ex marido la mitad de la venta de la academia, si bien aquello ya estaba superado.

Tenía que comenzar una nueva vida, y estaba dando los primeros pasos con firmeza. Ángeles recordaba a menudo su llegada a Elohim como punto de partida de su recuperación, y le servía. A veces lamentaba haberse sentido superior, como si perteneciera a una clase distinta, y, sin embargo, había sido el calor de los otros enfermos lo que la había salvado y había engendrado en ella la semilla de la recuperación. Había vuelto a ver al cura franciscano, pero para hablarle con claridad y cortar todas las cadenas. Aquel asunto le despertaba un sentimiento irreprimible de culpabilidad, y la única salida era renunciar a él.

Paco se marchó de Elohim la última semana de marzo y, enseguida, comenzó a asistir a los grupos, e incluso formó uno de las cenizas de otro. Él sí creía en la recuperación a través de Alcohólicos Anónimos, y era esto, junto con su carácter comprensivo y cariñoso, lo que atraía a muchos al programa. Paco, a pesar de haber terminado en el centro, tenía allí un cordón umbilical de agradecimiento y se comprometió a dar una terapia semanal a los internos. Él y el director se habían hecho entrañables amigos, y cada uno apreciaba del otro lo que le faltaba. Paco tenía la creatividad y Pedro la manera de llevar las cosas a cabo. Paco, últimamente, le había comentado la posibilidad de abrir un grupo en Elohim para que los enfermos pudieran asistir los domingos, y empezaran a conocer el programa de Alcohólicos Anónimos. Pedro, de inmediato, se había puesto a la acción, y, en poco tiempo y con donativos, estaba transformado un viejo garaje en un maravilloso salón para reuniones.

Paco volvía a su casa con su mujer y sus hijos, pero tenía tiempo. En su trabajo le habían concedido la inutilidad y le había quedado una buena paga. Empezaba a dar el duodécimo paso del programa: llevar el mensaje de salvación a otros enfermos alcohólicos. Para Paco, Elohim era además un oasis en su lucha diaria, y allí pensaba pasar algunas temporadas para "cargar pilas", como se decía en el argot. Otros enfermos, como el escultor y el "cureta" también se marcharon a finales de mes, aunque no habían comenzado a ir a ningún grupo. Ellos confiaban en la misa y el rosario diario para salir adelante.

A finales de marzo, uno de los hermanos del periodista llamó de nuevo al director:

—Mire usted, Pedro, mi hermano ha aparecido por aquí derrotado. Venía con barba de muchos días y los zapatos roídos. No busca dinero sino ayuda. Me ha dicho que lleva tres días sin beber.

—No, lo siento, no lo admito hasta después de Semana Santa—le dijo—. Le repito lo que ya le he dicho, que no puede ingresar en Elohim hasta que pasen tres meses. De otra manera esto sería un chufleo, y lo que yo quiero es que se recuperen.

—Pero es que no sabemos qué hacer con él—respondió el hermano con angustia—. Tenemos miedo de que vuelva a recaer.

—Lo siento—le dijo seriamente—. Eso es lo que hay, y le voy a decir más, cuando hable con él le voy a imponer unas condiciones, porque, si no es así, no hay nada que hacer con él.

El día fijado, el periodista acudió al centro con sus dos hermanos y sus padres que no habían querido volver a Oviedo hasta el ingreso de su hijo

—Te voy a admitir—Pedro se dirigió al periodista—, pero mañana vamos a tener una reunión con el médico y la sicóloga, que seis ojos ven más que dos, y entre los tres vamos a decidir el tiempo que debes estar aquí. Si son tres o cuatro meses me firmas un documento con tu compromiso de estar el tiempo que fijemos. Si no es así, no te admito.

El periodista asintió con la cabeza. Había desaparecido en él el rictus de soberbia. Parecía más sencillo. Había tenido que tocar fondo para darse cuenta de que era un enfermo y de que su inteligencia no le servía cuando probaba la primera copa.

—Ahora sí que me reconozco alcohólico, y que no puedo con el alcohol. Sé que el alcohol puede más que yo.

—Está bien. Te vas a quedar aquí hasta que seas capaz de parar la enfermedad.

—Yo hago lo que tú digas. La palabra esa de humildad está en mi mente y ahora reconozco lo que estabas tratando de decirme.

Durante el mes de abril otros alcohólicos como Ventura, Eduardo, Mercedes y Andrés llegaron a Elohim en busca de la sobriedad. Ventura era un hombre de cuarenta y cinco años. Había sido luchador profesional y, más tarde, camionero. Ya había estado ingresado en Elohim, pero había recaído porque no había sabido reconocer su impotencia ante el alcohol. Había creído que podía vencerlo, sin embargo, en su pulso él era siempre el vencido. Ventura había querido enfrentarse físicamente con el alcohol y llegaba hecho un guiñapo. Cuando bebía se olvidaba de sí mismo y demostraba toda agresividad en su casa.

Venía a Elohim derrotado porque no quería hacerse más daño inútilmente ni hacérselo a sus hijos y a su mujer. Después de su salida de Elohim, Ventura había estado yendo a los grupos, pero no le había servido de nada; quizás, porque no se aceptaba a sí mismo tal como era ni era capaz de hacerlo con los demás. Pedro le había aconsejado que fuera a los Cursillos de Cristiandad en cuanto pasara el síndrome, y había accedido. En esos cursillos se aprendía a vivir a Dios en comunión con los demás, y aquello podía servir a Ventura, como fue así en realidad.

Eduardo se presentaba como un caso difícil. Pedro se dio cuenta nada más verlo. Eduardo era de un porte que impresionaba. Era muy alto, de cincuenta y ocho años, y de una gran cultura e inteligencia, pero interiormente no se aceptaba alcohólico. Se había refugiado en un mundo imaginario de publicaciones literarias y de reconocimiento nacional. Decía ser reportero de *ABC*, y que pronto iría a Tailandia para un informe especial, algo que podría haber sido verdad si no fuera por su adicción a la ginebra. El primer día se había negado, no sin razón, a compartir el dormitorio con Manolito, y el director tuvo que alojarlo con el periodista.

Pedro veía en él un caso parecido al del periodista. La experiencia le había demostrado más de una vez que la recuperación no era posible cuando se intentaba combatir al alcohol con la inteligencia. El alcohol era siempre más astuto que cualquier ser humano. La humildad era la única virtud que desataba las amarras del tremendo hábito. Merceditas y Andrés, por el contrario, resistirían el embiste del alcohol. Merceditas era una soltera cuarentona, con ciertos aires de grandeza, lista como un rayo y parlanchina como un lorito amaestrado. Su intuición le decía que había que reconocerse alcohólica si quería ver la luz de la recuperación, y lo había hecho. Andrés también lo conseguiría. Había llegado al centro totalmente destrozado. Durante meses había vivido bajo un puente y había tenido que pedir para beber. Andrés tenía una hija de quince años a la que no había renunciado, pero había tenido que escapar de su mujer, adicta a las drogas y al sexo. Finalmente había ido a Cáritas, asociación que le estaba pagando los gastos de Elohim.

Andrés hablaba a todo el mundo de sus planes de comenzar los estudios en la Escuela de Artes y Oficios. Después de las terapias, se refugiaba en su dormitorio, y cuando no escribía a su hija cartas entrañables, pintaba vírgenes maravillosas y cristos resucitados que regalaba a los demás. Andrés caminaba hacia su recuperación, porque se estaba convirtiendo en un nuevo ser.

En abril, todo parecía comenzar en Elohim, nuevas vidas, nuevas tragedias, que en realidad eran lo mismo. Detrás de las máscaras, estaba el monstruo del alcohol acosando, abrasando las entrañas de todo aquel con el que se encontraba a su paso; en el corazón, sin embargo, estaba la Presencia Divina, el más fiel aliado, cuando se elegía el camino de la serenidad.

CAPÍTULO 8

La reunión abierta de A.A.

La reunión informativa de Alcohólicos Anónimos se había previsto a las seis, pero pasaba un cuarto de hora y todavía no había aparecido nadie. La gente parecía estar esperando a que el calor se disipara un poco. El verano se había adelantado, y a finales de abril, las temperaturas superaban con mucho los treinta grados. Vicenta fue la primera en llegar. Estaba cambiada. Llevaba un vestido entallado rosa que le hacía destacar su abundante pecho. Su pelo estaba cortado en media melena y lleno de suaves rizos. Luisa se apresuró a saludarla.

—Vicenta, me alegro de verte. Estás guapísima—le dijo mientras la acompañaba al salón.

—¡Hola, Luisa! ¿Ya estás aquí? ¿Qué tal te ha ido con los viejos?

—Muy bien, aunque es algo pesado. Siempre quieren tener la razón.

Luisa no supo interpretar el tono de Vicenta, aunque no le pareció que lo dijera con sarcasmo. No la había vuelto a ver desde su salida de Elohim, si bien, sabía que llamaba a menudo a Pedro, siempre con alguna excusa. De cualquier manera, le alegraba que estuviese bien y que hubiese superado su recaída. Vicenta era una mujer muy fuerte y era capaz de volar tan alto como el águila. Estaba claro que Vicenta sabía que se iba a hacer cargo del centro de mujeres, e incluso que se quedaría dos meses en Elohim como colaboradora hasta que lo abriesen.

Antes de entrar en el salón, Ángeles se acercó a Vicenta para darle un beso. Había llegado la noche anterior, y se encontraba atareada disponiendo flores silvestres sobre las mesas del comedor para la merienda-cena que se daría después de la reunión. Había pasado el día con Paco, y se había sentido como nueva. En realidad, más que a la reunión, había venido, como a menudo decían: "a cargar pilas".

Un poco más tarde, llegó Roberto. Su relación con Luisa había mejorado bastante. Se habían visto muchos fines de semanas mientras estaba en la residencia de ancianos, pero consideraba que Pedro seguía siendo un escollo. Posteriormente, vinieron la madre y las hermanas de Paco y, a continuación, empezó a llegar la gente, que entraba en el salón directamente o se paraba a charlar.

Algunos internos, ajenos a lo que sucedía a su alrededor, jugaban al dominó o conversaban sentados a la sombra resbaladiza de las dos palmeras enanas. El director, por fin, había tenido presupuesto para arreglar el jardín, poniendo una buena solería y cambiando los sillones roídos por flamantes bancos de color verde. Todo estaba limpio porque los internos se habían encargado de barrer y regar con agua del pozo.

La huerta, perfectamente delineada en surcos, estaba en flor. Pronto se recogerían tomates, pimientos, coliflores, berenjenas, incluso sandías y melones. Allí no faltaba nada de aquello, porque la fruta y la verdura decomisada era llevada a Elohim por la policía misma, pero era una buena terapia para los internos plantar y ver crecer las hortalizas, especialmente para Juan, que había continuado cuidando la huerta de Javier. Ambos eran un ejemplo de gente de campo que solo a través de muchos años se dan cuenta de los efectos perniciosos del aguardiente mañanero y del vino joven. La huerta daba una nota de frescor al centro y era la admiración de los que iban llegando.

El profesor de lengua fue uno de los últimos en llegar y, enseguida, se acercó a Luisa con un beso. Tomás la admiraba porque había observado su ansia tremenda de superación. Esta le presentó a Roberto, que le dio la mano, mientras agarraba con fuerza la cintura de Luisa. Después saludó a Mercedes, que se había acercado al verlo, y se dirigió hacia los bancos para estrechar la mano al periodista y a los otros que estaban allí.

—¿Qué tal te va con el ordenador?—preguntó al periodista.

—Pues muy bien. Ya tengo algunas personas que están interesadas en informatizar sus negocios.

El profesor se alegró. El periodista parecía haber encontrado un objetivo en su vida. Era un ser de una inteligencia vivaz. Lo había notado desde el primer día. Nunca le había hablado de él mismo, pero sabía por

Pedro que sus hermanos le habían ayudado a salir adelante. Le habían comprado el ordenador, que había instalado en su dormitorio.

—Desde que tienes el ordenador, ya no quieres nada con nosotros—le dijo Tomás con algo de retintín.

—No, no es que no quiera ir a tus clases, es que se me pasan las horas voladas cuando me siento con el ordenador.

Tomás se acercó a Manolito, que estaba llorando y moqueaba como un niño. Él nunca iba a las clases de lengua por obvias razones, pero al profesor le gustaba conversar con él y que le compusiera alguna de sus trovas.

—Pero, hombre, ¿a qué viene ese llanto?

—Es que han metido a ese en mi habitación—dijo señalando a un hombre bajito de pelo blanco y aspecto bonachón.

Tomás se dio cuenta de que se refería a Juan, el campesino.

—Ese hombre no parece mala persona en absoluto, y es conveniente que estés acompañado. No vaya a ser que te ocurra algo por la noche.

—Sí, pero es que ronca mucho y no me deja dormir, y yo tengo que estar muy descansado.

Manolito hablaba haciendo el puchero de un niño de cinco años. Enseguida Mercedes se acercó.

—¡Ea!, vamos a ver. ¿Qué te pasa a ti?—dijo levantando la voz aunque con un tono cariñoso—. Como sigas llorando no vas a tener ni chocolate ni tarta.

Mercedes sí lo entendía. No levantaba un metro cincuenta del suelo pero andaba recta y emitiendo una seguridad que le hacía aumentar su estatura. Ella le había dicho a Tomás, por quien sentía un gran aprecio, que nunca recaería. Aquella amistad había nacido no solamente en el aula sino en la sobremesa, cuando Tomás se quedaba a almorzar en Elohim, y después le decía "Mercedes, ¿un cafelito?"; y se iban los dos, previo permiso del director, a una venta cercana. Allí ella le hablaba de sus proyectos para cuando saliera del centro.

Tomás no era alcohólico, pero conocía lo que era el alcohol a través de su abuelo, que había muerto con el hígado hecho polvo. Tomás tenía la idea de que la palabra tenía el poder de curar. En realidad, aquella era la base del programa de Alcohólicos Anónimos. Era necesario compartir para empezar a recuperarse. El profesor creía que teniendo un dominio de la palabra, el alcohólico podía reorganizar mejor su vida, aunque a veces tenía miedo de estar equivocado.

—Venga—sonó la voz de Pedro—. Pasemos al salón.

El salón se fue llenando hasta quedar abarrotado. Ángeles, la mujer de Paco, se sentó en la segunda fila con sus cuñadas, Paquita y Angelita, y su suegra, Victorina. Tomás lo hizo en la tercera fila cerca del periodista y de Eduardo, que comenzaría a ir a sus clases en cuanto pasara los primeros días de síndrome. Él y el periodista, a pesar de la gran diferencia de edad, se habían hecho buenos amigos.

Cuando Paco, Pedro y Jesús, que cumplía un año en sobriedad, se sentaron delante para presidir la reunión, se hizo un silencio que resultaba embarazoso. Paco, usando su gran facilidad para improvisar dijo:

—Oye que nos podemos reír, ja, ja... Esto es una alegría, el mensaje es bonito.

—El mensaje es grande—continuó Pedro.

Eso logró romper el hielo. Se oyeron unos murmullos y enseguida Pedro, como director del centro, tomó la palabra.

—Bueno, vamos a comenzar la reunión de hoy sábado, veintinueve de abril. Me llamo Pedro y soy alcohólico... Alcohólicos Anónimos es una comunidad de hombres y mujeres que comparten su mutua experiencia, fortaleza y esperanza para resolver su problema común...

Pedro continuó leyendo durante algunos minutos aquel mensaje, siempre nuevo, aunque se repitiera en todas las reuniones. Cuando terminó de hablar, pasó la palabra a Paco.

—Mi nombre es Paco, y soy alcohólico. Yo voy a hablar un poco de la recuperación. La recuperación viene a través de una voluntad, la voluntad viene a través de un pequeño sacrificio y, al final, obtenemos un resultado: vivir en sobriedad y vivir una vida feliz, constructiva, donde hay unos cimientos para que florezca y se haga nuestra personalidad, nuestra forma de amar a los seres queridos a los que tanto daño hemos hecho, y nuestra forma de encontrar a Dios.

Durante más de veinte minutos Paco estuvo hablando de la recuperación. Hablaba despacio para que todos entendieran su mensaje. A veces, fijaba la vista en su madre y, en especial, en sus hermanas, que lo habían ingresado en Elohim. Al acabar dijo:

—Yo pediría con permiso de Pedro, un aplauso para quien realmente ha luchado, ha salvado su vida y hoy es feliz. Señores, yo pido, con mucho amor, un aplauso para Jesús...

Se oyó un largo aplauso que se mezcló con la emoción de las palabras de Paco que, aunque largas, habían sabido unirlos a todos con un mágico hilo de ternura y admiración. Se aplaudía a Jesús, pero al mismo tiempo se aplaudía a Paco. Gracias a él, el ambiente se había llenado de una sensibilidad más visible aún que la inmensa nube del humo de los cigarrillos. Pedro se puso de pie con una insignia de plata que entregó a Jesús.

—Hoy—continuó Paco—Jesús cumple un año. Y este es nuestro homenaje; por eso estamos aquí todos reunidos. Le damos una chapita para que la lleve en el bolsillo y cuando le den ganas de beber se la meta en la boca y le tire un bocado.

La gente respondió a las últimas palabras de Pedro con una carcajada.

—Jesús, muchas veinticuatro horas de sobriedad—continuó Pedro, dándole un abrazo.

Los asistentes aplaudieron de nuevo con derroche de energía.

—Ahora—dijo Paco—, Jesús nos va a decir unas palabras.

Jesús comenzó a hablar. No llegaría a los cincuenta. Era regordete. Llevaba una camisa blanca remangada a medio brazo y desabrochada hasta cerca de la mitad del pecho. Cuando comenzó a hablar, se pudo observar que le faltaba la mayoría de los dientes.

—Me llamo Jesús y soy alcohólico—dijo al fin.

—¡Hola, Jesús!—contestaron todos al unísono.

—Yo empecé a beber con catorce o quince años, después de salir de un reformatorio en el cual me pegaron mucho y estaba amargado de la vida. Me juntaba con personas mayores y me envicié muy pronto en lo que es el alcohol. Estuve mucho tiempo en la legión, allí seguí bebiendo, tuve un intento de suicidio y estuve en el psiquiátrico, estuve en la cárcel, todo por culpa del alcohol. Me casé creyendo que iba a cortar la cosa, pero mi mujer le echaba las culpas al alcohol de todo lo que pasaba y seguí bebiendo mucho más. Yo vivía para beber. Llegué al extremo de que era un payaso. Todos se reían de mí. Al final me encontré tirado en la calle, abandonado por los rincones de esta ciudad y unos niñatos me quemaron el cuello con un encendedor. Fue ese momento en que me di cuenta que estaba en las últimas.

Jesús hablaba mirando a un punto indefinido de la sala, sin atreverse a mirar a nadie. De vez en cuando, volvía la cabeza a Paco o Pedro como buscando su asentimiento.

—En el hospital me curaron y me dieron unas pastillas para el alcohol, pero nada, a los tres días volví a caer. Me mandaron aquí. Yo llegué con la borrachera y me creí que era para dos o tres días. Cuando Pedro me dijo que era para tres meses, cogí el camino y me fui. Sin embargo, volví esa misma noche. Aquí estuve tres meses, tres meses duros, pero tres meses que me hicieron fuerte por dentro. Después, me incorporé a un grupo de A.A., de lo cual me alegro cada día más, porque me están ayudando mucho. No estaría aquí si no fuera por ellos. Yo no tengo muchas palabras para expresarme, como Paco, pero lo único que puedo decir es "muchas gracias".

Al terminar, se oyó un aplauso fuerte, firme, de apoyo incondicional para aquel hombre que tanto había sufrido.

Le llegó el turno a Pedro como director del centro de rehabilitación. Ya había contado su vida cientos de veces, pero no le importaba hacerlo una vez más. Aquello era una reunión abierta, lo que significaba que había personas que bien podían ser alcohólicos, y sabía que su mensaje como el de Paco y Jesús podía servir de algo. Miró adelante. Su hija mayor estaba allí con su novio. Su mujer, como siempre, no había podido venir. Habló de su intento de suicidio, de su vida en la calle mendigando para poder beber, de su rehabilitación con los grupos de Alcohólicos Anónimos de su ciudad natal, y de su llegada al centro, primero como colaborador, y después como director.

Paco hizo también hablar a Vicenta, que se había sentado al lado de Ángeles.

—Sabes la vergüenza que me da hablar en público, Paco—dijo como preámbulo—. Solo puede decir que intenté salir muchas veces, y recaí otras tantas, incluso después de estar en Elohim ocho meses, por una tontería. Sé que esto es una reunión de Alcohólicos Anónimos y no debería decirlo, pero no voy a los grupos porque no me gusta calentar el asiento. Yo no sé compartir. Es un gran defecto, pero es así, y la base de Alcohólicos Anónimos es compartir tus fantasmas con los demás. De todas formas, yo sigo el programa de las veinticuatro horas y me sirve.

—Seguramente que hay una distinguida amiga nuestra que ha venido de lejos que quiere decirnos algo—dijo Paco refiriéndose a Ángeles.

Ángeles se levantó. Estaba bella en su madurez. Su aspecto era frágil, pero al mismo tiempo fuerte.

—Debo a Elohim no solo mi recuperación, sino mi vida. Llegué con el alma partida en dos por el alcohol y los golpes de la vida, pero aquí mi alma se fundió en una sola y se fundió con el amor incondicional que recibí. En este centro están las raíces de mi sobriedad y estoy agradecida y orgullosa. Gracias.

—Gracias a ti, Ángeles—dijo Paco.

Paco también había hecho señas a Luisa para que hablara, pero esta se había negado rotundamente. Mercedes, sin embargo, sí quería hablar, y así se lo indicó a Paco.

—No os preocupéis que no voy a hablar tanto como acostumbro. Estoy aprendiendo a decir las palabras justas: hoy no voy a beber, mañana no sé.

Era la contraseña para la sobriedad, y todos comprendieron.

La reunión se alargó por tres horas. Había muchas cosas que compartir, que decir. Habían llegado personas que todavía no se aceptaban alcohólicos, y había que mostrarles el camino.

Al terminar, se sirvieron primero unos refrescos con algunas tapas, y después chocolate con un trozo de la tarta que se había regalado a Jesús.

CAPÍTULO 9

Una mala cornada...

Manolito lloró mucho cuando Mercedes le dijo que se iría el lunes siguiente. Primero había sido Luisa, que aunque iba y venía al centro, ya no era la misma. En un principio, le había tomado mucho cariño. Ella le había lavado y planchado la ropa durante casi un año. Hasta le había arreglado muchos pantalones de los que la gente regalaba al centro. Luisa era muy especial, pero estaba seguro de que no le creía cuando le hablaba de sus corridas. Mercedes sí. Ella se sentaba con él muchos ratos y le hacía preguntas. Manolito le había llegado un día a componer una trova: "Ay, Merceditas, bonita, sin ninguna pequita; ay Merceditas, pequeñita, flor marchita." Cuando se lo recitó, esperando que se lo agradeciera con el tipo de sonrisa interesante que solo ella sabía poner, no comprendió por qué se había enfadado. Ella le había preguntado si la consideraba tan vieja. Pero aquel había sido el único roce que habían tenido. Ya después todo había ido bien.

A la mañana siguiente, sin embargo, parecía habérsele olvidado todo, y con su sonrisa socarrona fue al borde de la carretera, con más cojera que de costumbre, a decir adiós a todos los coches con una manoletina o una verónica. Pero la gangrena había ido menguando a Manolito. Él empezaba a darse cuenta de que los moratones de las piernas no eran nada bueno. Había oído mencionar a algunos de sus compañeros que Pedro iba a tener que ingresarlo y que, posiblemente, tendrían que amputarle las dos piernas. Manolito, sin embargo, no pensaba consentirlo. Se debía a su público, al "¡torero!" voraz de los autobuses escolares, al ronquido musical de los camiones. El médico le había ordenado reposo absoluto, pero no estaba para imposiciones de nadie.

Caminó tambaleante, de espaldas al centro. No se dio cuenta de que el sol ya llevaba bastante tiempo fuera ni de que era domingo. No vio ni autobuses ni camioneros. "Ya aparecerán" —pensó—. Se dispuso a la faena. Pensaba en su último triunfo en la plaza de El Puerto. Nunca comprendió por qué no le habían salido contratos para la Maestranza. Saludó a un coche, que le lanzó un pitido de simpatía. Después, sintió un dolor agudo en el pecho. "Alguna mala cornada" —se dijo—, "de esta no me libro."

Remigio, que iba todos los días al centro por la mañana, lo encontró tendido al pie de la carretera, y avisó a Pedro que, rápidamente, llamó a una ambulancia. Todo fue inútil. Su halo de vida voló de camino al hospital. El alcohol no perdonaba. Eso lo sabían todos. La muerte de Manolito era un duro golpe para Elohim, porque la gente le había tomado cariño, y se había acostumbrado a sus adivinanzas y a sus trovas. Pedro sintió la muerte de Manolito de una manera especial, quizás motivado por el momento en que se encontraba. Estaba decaído por tanta lucha diaria, y se sentía solo, apartado de los demás, como una isla en medio de una autopista. No estaba seguro si iba a poder aguantar mucho más tiempo así.

Luisa se iba los fines de semana a su casa con su marido y su hijo, y aunque la veía segura, Pedro seguía temiendo por su sobriedad. Jamás se había atrevido a hablar con ella del asunto de los rumores. Ninguno de los dos lo había hecho. Quizás por no darle nombre a lo que sentían, por no definir algo que no iba a llegar a nada. Se acordó de Vicenta. Comprendió, en ese momento, lo que había sufrido por no haberle correspondido en sus sentimientos, y supo que había recaído por él. Era tarde para lamentarse. Además, aunque se hubiese dado cuenta a tiempo, no hubiese podido evitarlo. Lo importante era que Vicenta se había levantado de nuevo, sin él, y aquello sí era positivo.

Esperaba que Luisa no se hubiese hecho adicta a él, o que él no se hubiese hecho adicto a ella. Temió no solo por la sobriedad de ella, sino por la suya misma después de tantos años. La necesitaba a su lado cada vez más; sin embargo, comprendía la situación y sabía que tenía que comenzar a renunciar a esa necesidad que tanto le angustiaba. El lunes por la mañana, fue a pedir el certificado de defunción de Manolito y a dar el pésame a su familia. Podía haber esperado a Luisa para que le acompañara, pero prefirió no hacerlo.

Luisa, nada más llegar, sintió deseos de hablar con Pedro. No se encontraba bien. ¿Por qué tenía que ser alcohólica? ¿Por qué? —se preguntaba—. ¿Por qué no podía ser una mujer normal, una esposa normal, una madre normal? ¿Es que había cometido alguna falta en su vida? Debía estar alegre, había vencido al monstruo del alcohol, su marido le estaba demostrando que la quería, le había prometido que se iría a vivir con el niño al centro de mujeres. Debía estar feliz, y no lo estaba.

En su casa, Luisa había estado a punto de beber. Había sentido el impulso de tomar un sorbo de ginebra. Había abierto la puerta del mueble bar, donde su marido guardaba los licores. Solo iba a ser un sorbo, con eso bastaría. Quería probarse a ella misma que no era una enferma alcohólica, que era capaz de beber algo y luego dejar de beber. Quería ser una persona normal, salir, entrar con su marido. Había echado el licor con lentitud en la copa y había notado la fragancia prohibida. Se había acercado la copa a los labios y había aspirado el olor con delicia. Había mirado la copa al trasluz de la ventana. Lo había encontrado bonito, elegante. Solo iba a ser una copa, se dijo, solo una. Después bastaría con no hacerlo más. Había pensado en Pedro, en las reuniones de Alcohólicos Anónimos, en Petra, en Paco, en Ángeles. Se había sentado en el sofá con la copa en las manos. Una sola copita, nada más. Había deseado sentir en su boca el sabor caliente del licor. Pero había dejado la copa con mucho cuidado en la mesita de centro. Tenía que regar un poto, se iba a morir de sed. Había procurado no pensar. Después, recibió la noticia de la muerte de Manolito.

Por la mañana, le llegó de nuevo el olor a alcohol almendrado, y había preferido coger cuanto antes un taxi para Elohim. Allí sí se sentía segura. En cuanto entró fue al despacho de Pedro, pero no lo encontró. Al salir, vio a Mercedes que salía de la cocina.

—Mercedes, ¿está Pedro por ahí? —le preguntó sin dejarla hablar.

—No, Luisa. Ha ido a lo del asunto del pobre Manolito. Yo me iba a ir hoy por la mañana, pero voy a esperar al entierro, que es a la cinco. ¿Pasa algo?

A Luisa se le hundió el mundo. Pedro tardaría. ¿Qué iba a hacer ahora?

—No, simplemente necesitaba hablar con él.

—Estás muy rara, Luisa—dijo Mercedes, adivinando lo que estaba sucediendo—. Mira, vamos a dar una vuelta por el jardín verás cómo se te pasa.

Luisa asintió con la cabeza. Mercedes llevaba menos de tres meses y era capaz de tenderle una mano; era más fuerte que ella. Se acordó cuando la trajeron al centro. Venía hecha una marioneta articulada. Traía dos paquetes de cigarrillos en una mano y dos más en el bolsillo de su vestido. Ella misma la había cuidado las primeras noches, dándole la medicación y zumos para evitar que cayera en el *delírium tremens*. Ella llevaba ya casi nueve meses en sobriedad y le había entrado esa ansiedad que le corroía las entrañas.

—No estoy demasiado bien, pero no te preocupes, Mercedes. Ya se me pasará. Ha sido un bajón. A veces sucede y hay que estar prevenidos.

Luisa no volvió a Elohim el lunes siguiente, y Pedro supo que había recaído. Ya se había dado cuenta de algo, porque durante la semana había salido sin motivo aparente y había comenzado a mentir. Había llegado a decirle incluso que había que ayudar a Vicenta, porque había vuelto a beber. Vicenta, cuando Pedro la llamó a la pensión para preguntarle si había tenido una recaída, se había puesto a increpar y a maldecir a quien hubiera dicho aquello. Después, lo llamó Roberto y discutieron por teléfono. Le acusó de la recaída de su mujer, y le amenazó con denunciarlo a la policía para que le cerraran el centro por aprovecharse de las enfermas.

Pedro lloró por primera vez después de muchos años. Lo hizo con todo el dolor de su corazón, machacado por una pena que no era la suya, pero que sentía como suya. Comprendía la recaída porque sabía que la sobriedad era como las alas secas de una mariposa, pero le dolía la recaída de Luisa. En el fondo se sentía culpable. Quizás toda la situación entre él y su marido había creado en Luisa un innecesario desasosiego. Intentó hablar con ella por teléfono para aconsejarle que no probara una copa más, pero notó que no lo oyó. Luisa estaba hundida y llena de resentimiento. Su marido se había ido con el niño. Ya no quería vivir. Le recordó a la mujer que había llegado unos meses atrás a Elohim convertida en un soplo de soledad. A través del subdirector, los enfermos se habían enterado y algunos culpaban a Pedro. Lo peor de todo era que, sin nadie saber cómo, también había llegado a oídos de don Fernando, y, con toda la razón, se negaba a que ella llevara el centro de mujeres, aunque se recuperara.

Pedro creyó que todo había sido una maniobra de Roberto para quedarse con el niño, e incluso llamó a la familia de ella para ponerlos al corriente de lo que pasaba. Sin embargo, Roberto volvió a casa a los dos días. Solo había querido poner a Luisa en una situación límite para que reaccionara. Y aquello dio, finalmente, resultado. Luisa llamó a Pedro para pedirle ayuda porque había dejado de beber. Pedro le aconsejó que volviera al centro, pero Luisa se negó. Él, entonces, le mandó la medicina necesaria a través del subdirector. Muy a su pesar, comprendió que no era conveniente verla de nuevo.

CAPÍTULO 10

Un puente sobre Elohim

A finales de junio Elohim no parecía el mismo. Nuevos alcohólicos habían llegado, pero no se había vuelto a admitir a más mujeres. No quedaba ninguna cama libre excepto las dos del piso que habían estado ocupando Vicenta, Luisa y Ángeles. Con los nuevos enfermos, nacerían nuevas tensiones, pero el objetivo de Elohim seguía claro y fresco: salvar vidas. El centro de mujeres estaría listo en quince días. Luisa no iba a ser la directora, aunque había conseguido que don Fernando la considerara para subdirectora. No había duda de que una vez vencida su recaída, realizaría una buena labor. El único problema que quedaba por solucionar era el de la directora. Pedro no había podido encontrar todavía a una persona de su confianza, pero había hablado con Ángeles en Navarra, y le pareció que podía convencerla. Después, se puso en contacto con Paco.

—Paco—dijo Pedro—, te voy a dar una sorpresa, aunque no sé si dártela ahora o no. Bueno, te lo voy a decir ya. Le he pedido a Ángeles que se haga cargo del centro de mujeres.

Paco se quedó callado por unos segundos. Sin saber qué decir. Ángeles le acababa de llamar pidiéndole más que su opinión sobre el particular, su bendición. "Ángeles—le había dicho él—, tienes que hacer lo que tú creas, y si quieres mi consejo, te lo voy a dar. Preferiría que conservaras en tu corazón un buen recuerdo de nosotros. No obstante, haz lo que quieras. Sabes que te tengo en gran estima y serás bien recibida aquí. Tienes un amigo". Él presentía que ella estaba ya casi decidida. Ya tenía comprado el billete de avión, y llegaría a Elohim el día siguiente. Deseaba hablar con Pedro y con don Fernando, y ver el centro de mujeres.

Paco comprendió, enseguida, la causa de la llamada de Pedro. El director era listo, y lo quería preparar para que la animara a que aceptara el cargo, pero él no podía hacer eso. Era mucha responsabilidad pedirle que dejara su trabajo en Navarra para hacerse cargo de un centro que no veía con demasiado futuro. Si Pedro necesitaba una directora, se la podía buscar. Petra, la monja rehabilitada de su grupo, era la persona ideal. Por otro lado, no estaba de acuerdo en que nombrara a Luisa como subdirectora. Aunque se hubiese recuperado, no estaba preparada. Ella seguiría teniendo mucha presión de Roberto y del mismo Pedro, y no tardaría en recaer de nuevo. Paco sabía, por palabras del mismo Pedro, el sentimiento del director hacia Luisa, pero no lo culpaba.

—No sé qué decirte, Pedro. Yo creo que Ángeles, aunque es una mujer muy capaz, no va a encajar en este ambiente. Ya te he dicho que deberías recurrir a Petra, y olvídate de Luisa para el puesto de subdirectora. No funcionaría nunca.

Al día siguiente, Paco y Pedro fueron a recogerla al aeropuerto. Nada más salir del avión, Ángeles tragó una bocanada de aire caliente que le quemó los pulmones. Besó cariñosamente a Paco y Pedro y se dirigieron al centro.

— ¿Cómo has hecho el viaje? —le preguntó Paco.

—Muy bien.

—Hace mucho calor aquí, ¿verdad?

—Sí, bastante.

Ángeles sonrió. Sabía exactamente lo que pasaba por la mente de Paco. Él nunca había visitado Navarra, pero ella le había mandado postales de su pueblo natal.

Al llegar, Ángeles observó que Elohim estaba diferente. Lo encontró mucho mejor cuidado. Se aproximó al grupo que jugaba al dominó a la sombra. Solo don José y Sebastián le resultaron conocidos. Ya estaban allí cuando ella llegó, y allí seguirían —pensó—. La saludaron con alegría, pero como en una película a cámara lenta. No reconoció a los otros. Entró en el salón de la televisión, en un movimiento instintivo para descubrir a algunos de sus antiguos compañeros. No reconoció a nadie.

Vicenta, Luisa, Manolito, Gerardo, Remigio, el periodista, todos se habían ido. Vio soledad en el ambiente. Miró a Paco.

—Lloviznaba cuando salí...

Pero el centro de mujeres no se iba a poder abrir. Ángeles había impuesto unas condiciones económicas imposibles de lograr de la Asociación. La monja también se había negado. Don Fernando, sin esperar a buscar más, decidió, al fin, vender la casa, por la que había conseguido una buena cantidad. Además, don Fernando, a instancias del mismo Pedro, había nombrado a Joaquín director de una residencia de ancianos, y se lo agradecía. Parecía haber mucha más luz en Elohim desde su ida.

Era mucho mejor así. Pedro tenía que seguir pensando en Elohim, aunque no por ello había renunciado a su proyecto de crear un centro de mujeres. Sabía que tarde o temprano lo conseguiría. Allí mismo, al lado de Elohim, había suficiente espacio para construir uno. Ya encontraría la forma de financiarlo. Recordó a Luisa con resquemor en el corazón. Cada vez que pensaba en ella se le hacía un nudo en la garganta. Intentó aclararse los últimos pensamientos sacudiendo la cabeza con energía. Aquello podía haber pesado sobre su propia sobriedad. ¿Habría más pruebas? Acababa de apadrinar a su mismo padrino en Alcohólicos Anónimos, que había recaído después de dieciocho años.

—Pedro, este fin de semana me gustaría salir de permiso —dijo uno de los internos interrumpiendo el curso de sus pensamientos.

—Todavía es pronto —dijo—, demasiado pronto.

Desde el cielo de Elohim empezaban a verse las estrellas.

www.ingramcontent.com/pod-product-compliance
Lightning Source LLC
Chambersburg PA
CBHW051818130726
47987CB00003B/1305